猫と紅茶とあの人と

ベティ・ニールズ
小谷正子 訳

ハーレクイン
SP文庫

THE COURSE OF TRUE LOVE

by Betty Neels

Published by Harlequin Japan,
a Division of K.K. HarperCollins Japan, 2025

ベティ・ニールズ

イギリス南西部デボン州で子供時代と青春時代を過ごした後、看護師と助産師の教育を受けた。戦争中に従軍看護師として働いていたとき、オランダ人男性と知り合って結婚。以後14年間、夫の故郷オランダに住み、病院で働いた。イギリスに戻って仕事を退いた後、よいロマンス小説がないと嘆く女性の声を地元の図書館で耳にし、執筆を決意した。1969年『赤毛のアデレイド』を発表して作家活動に入る。穏やかで静かな、優しい作風が多くのファンを魅了した。2001年6月、惜しまれつつ永眠。

◆主要登場人物

クレアラベル・ブラウン……理学療法士。ジェローム病院勤務。
イーノックとトゥーツ……クレアラベルの飼い猫。
ミス・フルート……クレアラベルの上司。主任。
ミスター・シャター……ジェローム病院の整形外科の顧問医師。
ミセス・スノウ……クレアラベルの患者。
ブラウン夫妻……クレアラベルの両親。
セバスチャン……クレアラベルの弟。
フレデリック・フロスト……クレアラベルの友人。研修医。
マルク・ファン・ボーゼル……整形外科医。オランダの男爵。
ファン・ボーゼル男爵夫人……マルクの祖母。
ティリー……マルクの家政婦。
アルマ・クーパー……マルクの知り合いの少女。

1

春はまさに、そのあるべき姿で進行していた。小羊のように訪れ、いま、獅子《しし》のように去ろうとしている。吹きすさぶ風がたたきつける冷たい雨が、不運にもやむなく外出しなければならなかった人々の歩く街路を洗う。そしていうまでもなく、彼らは一刻も早く屋根の下へ駆け込もうと先を急いでいた。

歩道には長い行列があり、傘の下で人々がいら立たしげに押し合いへし合いしながら、バスが来たらすぐにも突進する構えで待っている。その中に並んでいた娘は後ろの傘からうなじにしたたり落ちるしずくを避け、あきらめたようなため息をついた。長い一日だったうえに疲れており、しかもこの先バスに乗らなければわが家にたどり着けない。運よく今度来るバスに乗れるかどうかすらわからないし……。

バスが来て速度を落とし、側溝の水をいやというほどはね散らしながらとまった。行列はどっと前へ突進した。娘の前でもたもたしていた年輩の男性があとずさりをして彼女の足の甲を踏みつけた瞬間、傘の主は後ろから意地悪く彼女の背中を小突いた。娘は痛さのあまり声をあげて思わず立ちすくみ、あっという間にあとに続く人々からわきに押しのけられた。傷ついた片足を側溝の泥水に突っ込んだかたちで。

バスは行列のほとんどを乗せて行ってしまい、取り残された娘は泥水のしたたる足を上げ、よろめきながらふたたび歩道に両足をそろえようとした。そのときバスの後ろについていた車が斜めに近づき、娘の横でとまったかと思うと運転席から男性が降りてきた。

街灯の明かりの下でその男性は実際の背丈よりもずっと高く見え、顔がよくわからなかった。彼は明らかにいら立たしげな様子で言った。「けがをしたろう? 見ていたんだ。車に乗りたまえ、うちまで送ってあげるから」

破れたストッキングとしたたる血を見て考え込んでいた彼女が顔を上げた。「ありがとうございます。でも、バスで帰りますから」その声は顔に似て愛らしかったが、断固とした冷ややかさがあった。

「ばかを言うんじゃないよ、お嬢さん。きみを誘拐しようなんてつもりはないんだ。それにきみは充分たくましそうで、ちゃんと自分で自分の面倒は見られそうだけどね」彼は娘が憤慨したようにため息をつくのを無視した。「待たせないでくれ。約束があるんだ」いら立たしさがますますあからさまになった。

気品あるチャーミングな自分をたくましいと言われたことにまだ腹を立てながらも差し出された腕につかまり、彼女は言われるままに助手席に乗った。

「うちはどっちなんだい?」彼はそうたずねると、ロールスロイスを出して車の流れに滑り込んだ。

彼女はそれとなく鼻を働かせた。革張りのシートのにおいと、ほのかなコロンの香り。

彼女は美しい声に依然冷ややかさをこめて言った。「わたしが乗せていただく前におききになるべきでしたし、あなたがあれほどいら立たしそうにしていらっしゃらなければ、乗りはしませんでしたわ。スタンフォード通りを横にそれたメドウ・ロードですけど……」

「そこなら知っている。番地は?」

「十五番地です」彼女はつけ加えた。「かなりありますわ。どこかバス停で降ろしてくだされればけっこうです。本当になんでもありませんから」

彼は答えない。つまり、その気はないというわけだ。彼女はちらりと自分の足を見下ろした。泥がついたままで、車の豪華なカーペットにしみをつけ、たらたらと血が流れている。でも、べつに気にすることはないわ、と彼女は思うことにした。

車は川を渡り、ウォータールー駅周辺のにぎやかな通りを走って、むさくるしいメドウ・ロードに入った。草原《メドウ》という名にもとり、沿道には一本の草すらない。出窓のついた家々にはみすぼらしい玄関に続く石段があり、鉄製の柵《さく》が半地下室の目隠しになっている。

十五番地の前で車をとめると彼は意外にも助手席にまわってドアを開け、手を差し出してくれた。彼女は歩道に立ち、彼を見上げた。彼女自身背が高いほうなのに、かなり見上げなければならないほどの長身だ。

「本当にご親切にしていただいて、ありがとうございました。お約束の時間に間に合われるといいんですけど」

「きみの名前は?」

彼女は事務的に答えた。「クレアラベル・ブラウンですわ。あなたは?」

「マルク・ファン・ボーゼル。互いに紹介をすませたところで、失礼して中へ入れてもらって、その足を診よう」

そのときクレアラベルは、彼が手に鞄《かばん》をさげていることに気がついた。「お医者さまなんですの?」

「そうだ」

ここで言い争っても無駄に思えた。「わかりましたわ。でも、わたしはちゃんと……」

「当たり障りのないおしゃべりでこれ以上時間を無駄にするのはやめよう」

クレアラベルはいささか必要以上に力をこめて地下室への門を開け、玄関に通じるすり減った石段の道をあけた。薄暗い街灯の明かりを受けてドアの派手な赤いペンキが光り、その両側のプランターにはつぼみをつけた水仙が何本か伸びている。クレアラベルが出した鍵《かぎ》を取って彼はドアを開け、明かりもつけるとわきによけて彼女を中へ入れた。

小さい玄関ホールがあり、その奥のドアの向こうに、狭くていやおうなしに暗いが、居心地のいい居間がある。ほとんどの家具は中古品だが慎重に選んだもので、狭い炉棚の下には時代遅れのガスストーブが置いてある。安楽椅子の片方は二匹の猫——一匹は白黒、もう一匹は赤茶色——が占領してうずくまっている。クレアラベルが入っていくと猫たちは体を起こし、彼女に向かって低く鳴いてからまたまるくなった。

「どうぞ、お入りになって」クレアラベルは言ったが、そうするまでもなく、ミスター・ファン・ボーゼルはすでに彼女のすぐ後ろに立っていた。

一瞬、二人はじっと立ったままお互いを観察し合った。クレアラベルはきれいな娘だった。きつすぎるかと思われるほど後ろに引っ詰めた金髪、緑色の瞳、真っすぐな鼻、豊かな唇は、美しいといってもいいだろう。背が高くてスタイルもよく、二十八歳という年齢よりかなり若く見える。

彼女はミスター・ファン・ボーゼルを見つめ直し、彼がもっと真剣に目を凝らしているのでかすかに眉をひそめた。背は優に百八十センチを超えるだろうか、肩幅が広く、とにかく大柄だ。すこぶるハンサムで、黒髪にはちらほらと白髪がまじり、鼻は攻撃的、口元はきりりと引き締まり、目は黒い。三十五から四十歳の間だろう。そのうえ服のセンスもよく、保守的だが洗練されている。

「すまないが、ストッキングをさっさと脱いで、足を見せてもらえないか」彼はちらりと腕時計を見た。「五分しかないんだ」

なんて傲慢《ごうまん》な！　だれかこの人をしつけるべきよ。彼が鞄を開けるのを見ながら、クレアラベルはそう思った。彼女は勢いよくストッキングを脱ぎ、背もたれのある椅子にかけて足を突き出した。

かなりの泥と血がついている。彼は押したりつついたりしてから、すり傷とあざができただけでなんともないが足を洗うといいと言った。「バスルームがあればだけど？」

クレアラベルが足を洗って急いでバスルームから出てくると、彼は暖炉の上にかかった水彩画の前に立っていた。

「この絵はきみの故郷？」彼はたずねた。

「ええ」

「南西部地方かな？」

「ええ」クレアラベルは腰かけて、もう一度自分の足を出した。「あなたは五分しかないと……」

彼はしゃがんでペニシリンの粉末とガーゼと包帯で処置をし、腰を上げた。「ぼくが気に入らないんだね」彼は言った。

「気に入らないも何も、見ず知らずの方ですもの。助けていただいてありがとうございました。ご親切ですのね」

「とくに親切なほうじゃないよ」彼が鞄を閉めるとクレアラベルはドアを開け、きれいに手入れのしてある手を差し出した。

「さようなら、ドクター・ファン・ボーゼル」

彼は軽く手を握った。「さようなら。一人で暮らしているのかい？」

クレアラベルはびっくりした。「ええ、あの、イーノックとトゥーツがいますけど……」

「知らない人にドアを開けたり、知らない人に車に乗せてもらうようなことはしないだろうね」

クレアラベルはかわいい口をぽかんと開けた。「まあ！　強引に人を送ると言っておきながら、そんなことを……」彼女は自分を抑えてふつうの調子で話そうとした。「わたしは知らない人に送っていただくようなことはしませんし、もちろんドアだって開けやしません。人をなんだと思っていらっしゃるの？」

「ずっと長いことお目にかかったことがないほど美しいお嬢さんだと思うよ」彼は笑っていなかった。「おやすみ、クレアラベル」

彼が出ていくとクレアラベルはドアのロックをかけ、車が走り去る音に耳を澄ました。

「なんて変な人かしら」彼女は猫たちに向かって言った。「それに、いやみなくらい自信満々」

クレアラベルは台所で夕食の支度に取りかかりながら、彼の傲慢の鼻をへし折る手段を考えた。

「確かに、ものすごくすてきかもしれないわよ。でも、あの冷たい態度でやられてごらんなさいな。きっと、あの人は失恋したんだわ。さもなければ結婚生活が不幸せとか。それにあの名前からして、オランダ人なら、ロンドンで何をしているのかしら?」

彼女は夕食を終えると猫にもえさをやって食器を洗った。ガスストーブをつけてから編みかけのセーターを取り出したが、なぜか集中できない。やがて彼女は編み物をまるめてベッドに入ったが、そこでも困ったことに目がさえて、夕方出会ったあの男性のことが彼女の意思に逆らって思い浮かぶのだった。

「もう会わないほうがいいわね」彼女は足元にうずくまっている猫たちに言った。「だって、やたらに心を乱す人なんですもの」

翌朝目を覚ましたときも、まだ雨は降っていた。クレアラベルは服を着て食事を終え、猫にえさを与えて狭い部屋の掃除をすませた。理学療法科は九時に始まるのだが、九時半から整形外科顧問医師ミスター・シャターの回診に加わるように、と主任のミス・フルートから言われていた。それまでに記録に目を通さなければならない。

今日は忙しい。ミスター・シャターは二人分の精力の持ち主で、他人にも自分と同じであることを要求する。回診が終わるころには、毎朝ぎっしり書き込まれるミス・フルートのリストに、さらに患者が追加されることは間違いない。そのうえクレアラベルには昼前に処置をしなくてはならない自分の患者がいるし、午後はミスター・シャターが診察した外来患者がまわってくるだろう。

　ジェローム病院で理学療法士としての実習をしたあともそのまま残ったクレアラベルは、バスを降りながら、嫌悪といとしさの入りまじった気持で病院の改修だらけの古い建物を見た。彼女は仕事に愛着を持ち、患者や同僚たちともうまくいっていたが、果てしない廊下や、各科の薄暗さや、すぐにも迷子になってしまうたくさんの建て増し建築には閉口していた。目立たないちっぽけな案内標示に気づくはずもなく、おろおろとそこらじゅうを歩きまわり、ようやく気の毒に思っただれかに案内され、腹を立てあわてふためいて予約時間に遅れて着く初診患者のことを思うと気の毒でならない。

　クレアラベルは守衛におはようと声をかけ、玄関ホールの奥の短い階段を下りていった。そこは電気技師や清掃係や手術室行きの救急患者などが利用する狭い通路に出るところで、理学療法科への近道でもあった。ドアを開けて中へ入ると、あと五分しか余裕がなかった。

　ミス・フルートはすでに来ていた。中年で白髪まじりの彼女は毒舌家だが心は優しく、自分のチームを精力的に率いて、ばかなまねは容赦しない。きびきびと朝の挨拶《あいさつ》をするクレアラベルに、彼女はにっこりほほ笑んだ。「今日は忙しいわよ」彼女は言った。「外来の患者さんがわんさといるわ」

　クレアラベルはみんなで共有する更衣室へ行きかけて足をとめた。「全員そろっていますの?」

「いいえ。ミセス・グリーンから電話があって、ひどい風邪をひいたんですって。彼女の患者さんもさばくことになるわね」

クレアラベルは白衣をつけてちらりと鏡を見ると、記録を調べにオフィスへ入った。本当に忙しい日になりそうだ。

整形外科病棟は病院の反対端にあり、ミスター・シャターは男性、女性双方の病室を回診していた。クレアラベルは看護師長のオフィスのドアから顔を出して到着を告げ、ソーシャルワーカーやカルテの山をかかえた看護師にまじった。最後に師長も加わると、時間きっかりに病棟のドアが開き、ミスター・シャターがあふれんばかりの精力をみなぎらせて大股で入ってきた。そしてもう一人、昨日の夕方クレアラベルを車で送ってくれた男性がそこにいた。

クレアラベルはさんざん彼のことを考えはしたが、ふたたび顔を合わせるとは思ってもいなかった。だがもし会うようなことがあれば、顔見知りの合図ぐらいはしてもらえると思うのがふつうだろう。しかし、彼の黒い瞳はクレアラベルを素通りした。彼女は不愉快な気持がした。確かに、わたしに話しかけたところでなんにもなりはしないだろうけれど、せめて笑いかけてくれたって……。

クレアラベルはミスター・シャターを取り囲むグループにまじり、回診が始まった。病棟には十六人の患者がいるが、全員が理学療法を受けているわけではない。

四番目のベッドまで来たとき、ミスター・シャターが言った。「クレアラベル、この脚の治り具合はどうかな？　もっとマッサージが必要かい？　わたしにはかなりよくなっているように見えるんだが」彼は隣にいる男性にちらりと目を向けた。「どう思う、マルク？　こちらは理学療法士のクレアラベル・ブラウン。クレアラベル、このミスター・ファン・ボーゼルがしばらく手伝ってくれることになった――わたしが留守にする一、二週間、彼が代わりを引き受けてくれるんだ。で、きみはどう思う、マルク？」

ミスター・ファン・ボーゼルはろくにクレアラベルを見もせず、軽くうなずいて彼女の存在を認めただけだった。彼はひとしきり患者の脚を診ると、ベッドに横たわっている少年に優しくほほ笑んでから答えた。「ミス・ブラウンに能力を試してもらっていいかな？　筋肉がかなり衰えているんでね」

彼とミスター・シャターはX線写真を検討してから、クレアラベルが少年の骨折した脚をいろいろに動かすのを見守った。彼女が連日通ったかいがあって、脚はかなり動いた。確かに筋肉は衰えているけれど……クレアラベルは心の中で思った。もしミスター・ファン・ボーゼルが脚を骨折して、わたしがその治療をすることになったら……そう思ってふと目を上げると、黒い瞳が彼女を見ており、何もかもわかっているというように口元にはかすかな笑みが浮かんでいた。そう、人の心も読めるってわけね？

クレアラベルは必死の思いで、なんとか赤くならないようにした。

ようやく回診が終わり、クレアラベルはたくさんの指示をかかえて病棟から理学療法科へ戻ってきた。待合室は満員だったが、それはいつものことだ。オフィスへ入ると、ミス・フルートが言った。「またまた患者さんをたくさんかかえ込んできたんでしょう。あなたの担当のミセス・スノウがお待ちよ」彼女はクレアラベルの顔をまじまじと見た。「その前にコーヒーをおあがりなさい。でないと、いつありつけるかわかったものじゃありませんからね」

クレアラベルはうれしそうにコーヒーを飲んだ。「五人増えました。二人は週三回、病棟からここへ来て、三人は病棟で――全員、牽引《けんいん》治療です。ミスター・シャターの代わりの新しい先生がいらしてましたけど、ご存じでした？」

「昨日お会いしたわ。オランダ人で――絶対にそうだと思うの。ちょっとそっけない感じね」

クレアラベルはからになったカップを置いた。「本当に。ミスター・シャターが紹介してくださったんですけど、ろくにわたしを見もしないんですもの」

ミス・フルートはそっけなく言った。「そんなことあるものですか」

クレアラベルは眉をひそめた。彼女は賢い娘で、自分が人並み以上の美貌《びぼう》を授かっているのは承知していたし、人からそう言われることにも慣れていた。だが、賞賛の視線を引くことでうぬぼれてはいないし、まったく意識してもいない。それでも、なぜか彼女に対するミスター・ファン・ボーゼルの関心の薄さにはいら立ちを覚えるのだ。

「もしかしたらあの先生はブロンドが嫌いとか……女嫌いなのかしら」

ミス・フルートは吹き出した。「あのね、噂《うわさ》によると、あの先生はいろんな美人を連れて高級レストランに出入りしているって話よ」

「それは何よりね」クレアラベルはそう言ってミセス・スノウを捜しに行った。ミセス・スノウは年輩のでっぷりしたおしゃべり好きな婦人で、クレアラベルはどちらかといえば彼女に好感を持っていた。台所でつまずいて腕を骨折し、救急車で運ばれ、レントゲン科とミスター・シャターの外来診察を受けたあと、この理学療法科へまわされてきた。

「ここへ来るとき、若いすてきな男性を見かけたのよ」腕の治療を始めたクレアラベルに、彼女は言った。「車から降りるところだったの――ロールスロイスよ、すごく豪華な。外来の方へ行ったわ」

彼女は目を細めてクレアラベルを見た。蝦《えび》で鯛《たい》を釣ろうと、耳寄りな収穫を期待しているのだ。

「あの方は一、二週間、ミスター・シャターの代理をなさる先生です。来週、診察をお受けになるんでしたわね？ ミスター・シャターは休暇ですから」

ミセス・スノウはクレアラベルの優しい指先から腕を引っ込めて身をすくめた。「あいた、た。あの新しい先生、すてきな人かしら？」

「お仕事にかけては優秀な先生だと思いますわ」クレアラベルは落ち着いて言った。

その日は、ひっきりなしに患者が続いた。五時になるころにはクレアラベルは疲れ果てていたが、苦にはならなかった。この仕事が好きだし、患者の脚や腕が正常に戻るのを見ると満足感を覚える。

最後の患者が引き揚げると、職員は例によっていっせいに帰宅し始め、わいわいと楽しそうなおしゃべりでにぎわった。というのも今日は金曜日で、理学療法科は月曜の朝まで休診になるからだ。週末は実家へ帰るつもりのクレアラベルは、早くもウイルトシャーの両親の家での平穏で静かな暮らしに思いをはせながら最寄りのバス停へと急いでいたので、門のところでミスター・ファン・ボーゼルのロールスロイスが、通りの車の流れに入ろうとしているのに気がつかなかった。はっきりいって、彼のことはすっかり忘れていたのだ。

クレアラベルは月に一度、実家へ帰ることにしていた。フラットに着くとシャワーを浴びて着替え、猫にえさを与えてから二匹を旅行用バスケットに押し込み、すでに用意してある自分の旅行鞄をひったくってタクシーをつかまえる。これがいつも楽につかまるとはかぎらない——とりわけロンドンでもあまりぱっとしないこの界隈《かいわい》ではそうだ。ウォータールー駅まではさほどの距離ではないが、猫と鞄をかかえて歩くには遠すぎるし、今日はいつもの時間より遅れぎみだった。

メドウ・ロードの外れまで来てもタクシーは見当たらず、クレアラベルは通りの反対側を走ってきたロールスロイスがスピードを落とし、Uターンして滑るように彼女の横に来てとまったのにも気がつかなかった。

「早く乗って」ミスター・ファン・ボーゼルが言った。「規則違反だらけだよ」彼はさっと降りてくると、クレアラベルの手からバスケットを取って後ろの座席に入れ、車をまわって助手席に急いで彼女を乗せた。「どこへ行くんだ?」

クレアラベルは息をのんだ。「ウォータールー駅です。あなたって、本当に神出鬼没ですわね」それから、礼儀作法を忘れた少女のようにあわててつけ足した。「どうもありがとうございます。列車が出るまで、あまり時間がありませんの」

ミスター・ファン・ボーゼルはこっくりうなずくと、いささかはらはらさせられるような運転で、のろい車の間を縫って走った。

「スピードの出しすぎよ」彼女は容赦なく言った。

「列車に乗り遅れたくないんだろう? それとも、あれは乗せてもらう口実だったのかい?」

クレアラベルは憤然としていまにも胸が破裂しそうなほど大きく息を吸い込んだが、ふと、相手がだれであるかを思い出した。顧問外科医にはしかるべき敬意を払わなければ。

「あなたが車をとめて、乗れとおっしゃったんですわ」

「そのとおりだ。ぼくの運転をご批評願いたいと言った覚えはないね」

クレアラベルは、無愛想な彼の横顔に母親のようなまなざしを向けた。怒りっぽい人だこと。きっと恋人とけんかでもしたのね。三つ年下の弟がいる彼女は、いきなりかみつくような答えには慣れていた。

「べつにあなたを批評なんてしてませんわ、ミスター・ファン・ボーゼル。心から感謝しています」

彼はまたうなずいた。駅に着くとまだ十分近く時間があったが、切符を買う列に並ばなければならない。クレアラベルがドアハンドルに手をかけると、彼は〝待って〟と言って先に車を降り、後ろの座席から猫と鞄を取り出して大股で駅の中へ歩いていった。広々とした切符売り場の前で、彼はたずねた。「どこへ行くんだい？」

「あの、ティスバリーです」猫のバスケットと鞄を受け取ろうと手を差し出したクレアラベルは、気がついたときにはその両方をかかえて、行列の中に消えていく大きな背中を見送っていた。

彼は五分もしないうちに戻ってきたので、列車が出るまであと三分あった。彼はバスケットと鞄を取ると、彼女をプラットフォームへとせかし、上品な二人の婦人と向かい合った座席を見つけ、猫のバスケットを彼女の足元に、鞄は荷棚に載せると、クレアラベルがもう一度お礼を言いかけている間に、そっけない挨拶をして行ってしまった。クレアラベルはようやく彼が切符を買ってくれて、その代金を返すのを忘れていたことに気づいた。

なんて思われるかしら？　そう考えると頬が赤らんだ。ロマンスだと思ったらしく、婦人たちは興味ありげにクレアラベルを見ている。

今度ミスター・ファン・ボーゼルと顔を合わせたら、どうやってあの高慢の鼻をへし折ろうかしら？　クレアラベルは列車に乗っている間、ほとんどその作戦を練ることで過ごした。

二時間弱でティスバリー駅に着くと、彼女は父親に迎えられて古いステーションワゴンに乗った。

ブラウン家はかなり古くから同じ屋敷で暮らしている。その地方の典型的な住まいで、まろみを帯びた赤れんが造りの家の屋根は昔ながらのスレートぶき、周囲はたっぷり土地の余裕がある。小さな町から一キロ半ほどの広々とした場所で、庭は手入れが行き届き、土地の人にはブラウン家の地所として知られていた。

車が家の前に着くと、ミセス・ブラウンが台所から飛び出してきた。母親とうれしそうに抱き合ってから、クレアラベルは言った。「ただいま。夕食は何かしら？」

「ママ特製のポテトスープ、シェパードパイにパイナップルプディングよ」彼女は娘を見た。「仕事が忙しかったんじゃない？　シェリーでもいただきましょう。ほら、パパがいらしたわ」

イーノックもトゥーツも週末旅行には慣れている。二匹は用意された食事にありつくと暖炉の前に陣取り、クレアラベルは両親と台所でよもやま話をしながらシェリーのグラスを傾けた。

「セバスチャンに新しいガールフレンドができたのよ」ミセス・ブラウンが言った。「看護師さんで、まだ訓練が終わっていないの。週末にあの子が連れてきたんだけれど、わたしたちは気に入っているわ。でも、もちろんまだあの子は若いから……」

短い沈黙があった。クレアラベルは何人かの若者とつき合ったが、そのだれとも真剣になったことはなかった。母親は何も言わないが、それでも心配そうな様子は隠せない。美しい娘が二十八歳にもなって結婚しようとしないのは不可解だ。クレアラベルが帰宅するたびに、母親は娘が知り合いになった男性の話をさりげなく聞き出し、そのたびに彼女は母親を失望させていた。

傍目《はため》にも明らかな両親の思いをはぐらかそうと、クレアラベルは陽気に言った。「列車に乗り遅れるところだったの。運よくミスター・シャターの代理で来ている整形外科の先生がたまたま通りかかって、駅まで乗せてくださったのよ」

「すてきな方?」母親は期待をこめてたずねた。

「いいえ。すごくぶっきらぼうで失礼なの。オランダ人よ」

「その方は……ハンサムなの?」

「たいしたものよ。傲慢って感じのね」

「クレアラベルを駅まで乗せてくださったんなら、見てくれなんかどうでもいいと思うがね。実に親切じゃないか」父親が言った。

楽しい夕食がすむと食器を洗い、コーヒーを飲んでからクレアラベルはベッドに入った。長い一日で、ふだんより疲れていた。

「そのオランダ人の先生って、どんな方かしら？」ミセス・ブラウンは編み物をしながら言った。

弁護士であるミスター・ブラウンは本を読んでいた。「問題にならんと思うね。クレアラベルはその先生を気に入っていないんだから」

ミセス・ブラウンは心の中で抗議した。「どうかしら。あの娘《こ》は好意的なことは――望みがありそうなことは言わなかったけど」

ミスター・ブラウンはため息をついた。「いつまで言ってるんだ。だいたい彼は顧問医師だろう。おそらくとてもじゃないが、理学療法士に熱を上げるなんてことはないさ」

「クレアラベルはきれいな娘ですよ」それで話のけりをつけるとでもいうようにミセス・ブラウンは言った。

いつものように、週末はまたたく間に過ぎた。日曜日の夕方、クレアラベルはイーノックとトゥーツをバスケットに入れ、ふたたびティスバリー駅へ向かった。一緒に暮らせないのが残念だという母親の気持は痛いほどわかるが、この辺りではソールズベリー近辺まで行かなければ病院はなく、そこにも欠員はなかった。それに、結婚しないとなれば、独立して自活しなければならない。いくらでもチャンスはあったが、どの男性もクレアラベルにはふさわしくなかった。かといって自分がどんな男性を夫として求めているかはよくわからなかったが、その男性に出会えば、そうとわかるだろうと思っていた。

タクシーが近づくと、メドウ・ロードはいつになくむさくるしく思え、彼女の小さい半地下の部屋はたまらなく狭く、明かりを全部つけても暗く感じられた。猫にえさをやってお茶をいれると、クレアラベルは便箋《びんせん》と封筒を出してミスター・ファン・ボーゼルあてに形式ばった短い手紙を書き、切符代の小切手を添えて封をした。明日の朝、守衛室に届けて顧問医師の整理棚に入れてもらおう。それでこの一件はおしまいだ。

だが真夜中に目を覚まして、おしまいにならないほうがいいと思い直した。まったくもって不愉快な人だから、彼の心を入れ替えさせるのも楽しいのではないだろうか。クレアラベルはあれこれとその方法を思いめぐらしてから、ふたたび眠りに落ちた。

2

週明けの二、三日は飛ぶように過ぎ、クレアラベルは一度もミスター・ファン・ボーゼルを見かけなかった。手紙と小切手は届いているはずなので、もし返礼を期待していたとしたら、失望することになったろう。でもまた彼に会いたいと思っているわけじゃないんだから、と彼女は自分に言い聞かせた。

その週は多忙であったばかりでなく、週末には年二回開かれるバザーがある。だれもがなんらかのかたちで協力するようになっており、クレアラベルは衣類のがらくた市を手伝うことにしていた。

土曜日の午前中、クレアラベルは大あわてで週末の買い物、洗濯、部屋の掃除をすませた。コーデュロイのスカートと薄手のニットに着替え、髪をスカーフで束ねてキルトのジャケットをはおり、バス停へ急いだ。バザーは二時からだ。土曜の午後がこれでつぶれてしまう。できれば猫と一緒に家にいて、本を読んだりスコーンを焼いたりしていたいのに。

会場の講堂は、蜂《はち》の巣をつついたような大にぎわいだった。クレアラベルは真っすぐに受け持ちの売り場へ行き、衣類をそれぞれ適当な山に分類した。そこには彼女と仲のいい同僚があと二人いた。

午後二時きっかりに王室代表が到着し、簡単なスピーチをして病院長の幼い娘が抱き締めていた花束を受け取り、バザー開催の宣言をした。幹部は王室代表のあとについてリボン飾りのついたコートハンガーやレースの針刺しや自家製ジャムなどを買い、あとの者はがらくた市や古本市に押しかけた。

クレアラベルはてきぱきと売りさばいた。衣類、帽子、靴の山は飛ぶように売れた。大部分の客は顔見知りで、早くも両手いっぱいの衣類と帽子二つをかかえたミセス・スノウがこちらの売り場へじりじり近づいてくるのを見ても、彼女は驚かなかった。

「あら、あなたたち、ここにいたの」ミセス・スノウはにこやかに言った。「ものすごく得しちゃったわ。ねえ、この間話したあのすてきな若先生が、お偉いさんたちと一緒に向こうにいるわよ」彼女がさかんに講堂の中央の方に手を振ってみせるので、クレアラベルはいやおうなしにそちらを見ることになった。確かに、ほかのだれよりも頭一つ分ぬきん出たミスター・ファン・ボーゼルが、病院の委員の一人と話している。彼は込み合った講堂の向こうからクレアラベルを見たものの、気がついた合図はしなかった。彼女はすぐに顔をそむけ、二度と周囲を見まわしたりしないようによくよく注意したが、実際には忙しすぎてその暇もないほどだった。

五時に最後の客が帰ったときには、売り物はほとんど残っていなかった。せっかくの土曜日がつぶれたが、ミス・フルートがいうようにそれだけの価値はあった。相当の利益が上がったので、病院も潤い、新たに人工腎臓《じんぞう》も購入できるだろう。

一同はぞろぞろと列をなして手を洗ったり化粧を直したりして、挨拶《あいさつ》を交わしながらちりぢりになった。クレアラベルが数人の同僚とオフィスへ行くと、戸口のところでミス・フルートがミスター・ファン・ボーゼルと話をしていた。彼女は通り過ぎようとしたクレアラベルに手を差し出して足をとめさせた。

「クレアラベル、ミスター・ファン・ボーゼルがご親切にわたしを家まで送ってくださるとおっしゃるの。どうせメドウ・ロードも通るから、あなたも乗せてくださるそうよ」

クレアラベルはあわてて答えた。「あら、お気を遣わないで——いくらでもバスがありますから」

「ことのついでだよ」ミスター・ファン・ボーゼルはすかさず言った。「帰るとしますか? きっと二人とも、お茶が飲みたいでしょう」

気がついたとき、クレアラベルは彼の後ろの座席で、ミス・フルートが驚くほど生き生きとおしゃべりをするのを見守っていた。ミス・フルートはチャリングクロス駅裏手の狭い路地にあるフラットに一人で住んでいる。ミスター・ファン・ボーゼルは車を降りて彼女のためにドアを開け、無事に中へ入るのを見届けてから戻ってきた。

彼は車のドアを開けてじっとクレアラベルを見た。「前に来るかい?」あまり愛想よくたずねられたので、クレアラベルは助手席に移らざるをえなかった。

午後からどんより曇り始め、メドウ・ロードに着いたときは薄暗くなっていた。彼はフラットの前で車をとめ、クレアラベルを見た。

「ぼくをお茶に誘ってくれるかな?」

それは、とうてい予想していなかったことだった。「あの、そのつもりはありませんでしたけれど、お入りになりたいのでしたら、どうぞ」こんな言い方は失礼だ。クレアラベルはあわてて言い直した。「だって……あなたがお茶に寄りたいとおっしゃるとは思わなかったものですから」

彼はまじめに言った。「勝手な想像をするものじゃないよ、クレアラベル。ぼくはお茶が飲みたい。しんどい午後だったからね」

クレアラベルは、彼が嫌いだったことをすっかり忘れて笑った。「本当に、いつもそうなんです。でも、年に二回だけですから。それにしても、土曜日でなければいいんですけど」

彼は車を降りると玄関を開け、わきによけてクレアラベルを先に通した。猫が走って出迎えに来ると、彼はかがんで二匹をくすぐってから体を起こした。彼の大きな体のせいで、部屋がよけい狭く見える。

「コートをお取りになって――玄関にフックがありますから。いまやかんを火にかけてきます」

今朝焼いたケーキと、母親が焼いたパンがある。クレアラベルはパンを切ってバターを塗り、ケーキを切り、トレイにカップを用意して紅茶をいれた。

ミスター・ファン・ボーゼルは両側に猫を従えていちばん大きい椅子にかけていた。クレアラベルがドアを開けると彼は腰を上げてトレイを受け取り、暖炉の横の小さなテーブルに載せてケーキを取った。猫たちは奴隷かと思われる態度で彼のあとを追い、彼が腰を下ろすと、その両側に陣取った。

「猫はお好き?」

「ああ、祖母が二匹飼っている――ビルマ猫をね。ぼくのところにも二匹いるんだ。庭先で飼うような血統書もない雑種さ。それと血統のいい犬を二匹飼っていて、そいつらが猫どもをうまくまとめている」

クレアラベルはバターつきのパンを差し出した。「で、奥さまは? 動物がお好きですの?」

ミスター・ファン・ボーゼルはおかしそうな顔をしたが、いかめしく答えた。「ぼくはまだ結婚していない」ぱくりとパンにかじりつく。「自家製のパンだね。きみは料理ができるのか、クレアラベル?」

「まあ、いちおうできますけれど、母はもっと上手ですわ」

クレアラベルは彼が何枚かのパンを食べるのを見守りながら、当たり障りのないおしゃべりをした。わたしはこの人が嫌いなのよ、と自分に言い聞かせたが、大男がこれほど楽しそうにおやつを食べる様子には何か心を動かされるものがあった。この人はロンドン滞在中どこで暮らしているのかしら？　ケーキを勧めながらクレアラベルはふと思った。

「しょっちゅう実家へ帰るのかい？」

クレアラベルがティスバリーのことや友だちやセバスチャンのことを話していると、電話が鳴った。

その夜は外出することになっていた。同僚の一人の婚約パーティーがあるのだ。彼女はクレアラベルが来られるかどうかを確かめるために電話をしてきたのだった。

「ええ、もちろんよ。忘れていないわ。八時にね」

ミスター・ファン・ボーゼルは彼女が笑みを浮かべて受話器を置くのを無表情に眺めていた。

クレアラベルがふたたび椅子にかけると、彼は気さくにたずねた。「今夜はデートかい？　じゃ、失礼するとしよう。楽しかったよ、クレアラベル」それから考え深げに言い足した。「まったく意外だな。きみはまだ、ぼくを好きかどうかもわからないっていうのにね」

ミスター・ファン・ボーゼルが腰を上げたのでクレアラベルも立ち上がって向かい合い、美しい瞳でじっと彼を見た。「ええ、よくわかりませんわ。でも、そんなことはどうでもよろしいでしょう？　あなたには、取り巻きの女性がたくさんいらっしゃるんでしょうからね！」

「かもしれないな。でも、ぼくはたった一人だけ、秘密の女性に関心があるんだ」

「まあ、それならなおさら、わたしがあなたをどう思おうとかまわないじゃありませんか。そうでしょう、ミスター・ファン・ボーゼル？」

彼は肩をすくめてコートを着込み、イーノックとトゥーツを優しくなでてドアに向かった。そしてクレアラベルの問いには答えずに、このうえなくていねいなおやすみの挨拶をして帰っていった。

その夜のパーティーで、クレアラベルはミスター・ファン・ボーゼルがここにいてくれたらいいのにと何度か思ったが、彼を嫌っているなら、それはおかしなことだった。おそらくパーティーに集まった若者に比べて、彼がずっと年上だからだろう。「つまり、わたしもちょっぴり年を取りすぎたってことね」彼女はもの言わぬ相棒たちに話しかけた。

もちろん、クレアラベルはほかにも年上の男性を知っている。中でも特別なのはフレデリック・フロストという整形外科病棟の研修医で、気があるからデートに誘ったのだと彼女に打ち明けたまじめな青年だ。すでに数回デートを重ね、クレアラベルも彼を気に入ってはいるものの、妙にロマンチックな気分に欠けるようなところがあった。申し分のない夫になるだろうが、同時にひどく退屈に違いない。

そのフレデリックが、日曜の午後を一緒に過ごそうと言ってきた。クレアラベルは昼前に教会から戻ると一人で食事をすませ、バスで彼と落ち合うハイド・パークへ行った。新鮮な空気と運動が何よりいいものだと信じているフレデリックはマーブル・アーチの入口から公園に入ってグリーン・パークへ抜け、それからセント・ジェームズ・パークへと、道々いささか退屈な話をしながらてくてく歩き続けた。田舎育ちで歩くことは好きなクレアラベルだが、ようやくザ・マルを経てトラファルガー広場に着き、ささやかなカフェでお茶とクッキーにありついたときにはほっとした。

六時から勤務のあるフレデリックと別れて帰宅すると猫たちは喜び、狭いフラットも中へ入ると居心地よく思えた。彼女は靴を脱ぎ捨て、上着を取ってガスストーブをつけた。夕食の支度にかかるまでの一時間、腰を落ち着けて本を読むことにしよう。

だが十分もしないうちに、玄関のドアのノッカーが音をたてた。クレアラベルはしぶしぶ立ち上がり、猫を追い払ってドアを開けに行った。

目の前にミスター・ファン・ボーゼルがぬっとそびえ立っていた。「相手がだれかわかるまではドアを開けないように言ったはずだけどね」彼はつっけんどんに言った。「で、どうぞお入りくださいって言わないのかい？」

「どうしてそんなことを?」クレアラベルはぶっきらぼうに言い返した。「人のうちのドアをノックしておいて……今度は開けませんからね」

「なぜ今度があると思う?」彼は澄ましてきいた。

「ご免こうむれるなら、ないに越したことはないわ」クレアラベルはすげなく言った。

「問題が解決したところで、入ってもいいかい? 相談したいことがあるんだ」

「月曜日まで待っていただけません? 今日は日曜日ですわ」

「月曜じゃ遅すぎるんだよ」彼は不意に魅力たっぷりにほほ笑んだ。「お邪魔してもいいかな?」

しぶしぶあとずさって通そうとしたとき、靴をはいていないことを思い出した。ミスター・ファン・ボーゼルも同時にそれに気づいた。「散歩でもしてきたのかい? わざわざぼくのために靴をはくことはないよ」とストッキングをはいた彼女の足をしげしげと眺める。「きれいな足首だ」

いやな人! クレアラベルは冷ややかに言った。「何か緊急のお話がおありなんじゃありません、ミスター・ファン・ボーゼル?」

「そうそう。ホワイトチャペルに整形外科診療所があるんだが、どうやら流感がはやっていて、顧問医師と理学療法士が三人寝込んでいる。それで、ぼくに援助を求めてきてね、ミス・フルートがきみを連れていったらどうかというんだ。午前中はきみの代わりにパートタイムの女の子を入れるというし、たまたまぼくは午前中が非番なんだ。診療所は八時に始まって昼ごろ終わる」

「どうしてわたしを？」

「きみは賢くて、うまく対処できそうだからさ」

「お断りできますの？」

「そういうわけにはいかないな。忙しい診療所なんだ。いくつかの病院からまわされてくるケースもあるし、かなり遠くから来る患者もいる」

クレアラベルは慎重に彼を見た。真剣そのものの様子だが、本当のところはわからない。彼女はゆっくり答えた。「わかりましたわ、ミスター・ファン・ボーゼル」

「よかった。自ら進んで事に当たると、人に喜ばれるよ」いかにももの柔らかな口調に、クレアラベルは思わず疑いの目を向けた。澄ましてとぼけた彼の目を見て、きっとこの裏で何かおもしろがっているのを隠しているのだろうと彼女は思った。

「わたしは自ら進んで事に当たっているわけじゃないわ。あなたがおっしゃったから……」

彼はとりなすように言った。「そう、むろんきみは違う。単に務めを果たしているだけだ。たとえうんざりしていてもね。七時きっかりに寄ることにしよう。それなら道をたずねながら行っても時間は充分だ」二人はずっと立ち話をしていた。「午後は楽しかったかい？　郊外でも歩いたんだろう？」

「ハイド・パークにグリーン・パークにセント・ジェームズ・パークをね」

「愉快な連れがいれば楽しいだろうな」

クレアラベルはフレデリックのことを思ってため息をついた。「そうでしょうね」

「まさか一人でじゃないだろう、クレアラベル？」

「ええ。本当は家にいたかったんですけど」

ミスター・ファン・ボーゼルはさりげなく言った。「連れがいても寂しく思えることがあるものさ。今夜、一緒に食事をどう？　明日の朝の準備があるからデートを一つ断らなくてはならないし、二、三時間ならきっと二人で気のきいた時が過ごせるんじゃないかな。気が進まなければ、きみはべつに話をしなくてもいいし」

そう言いながら彼は、寂しくておなかもすいており、つき合ってくれる相手が欲しいというようなふりをした。クレアラベルは彼がわざとそうしているのだとわかっていたが、それでも断るのは心ないことに思えた。

彼はクレアラベルをチェルシーへ連れていき、キングズ・ロードを少し外れたレストランに入った。こぢんまりとしたオープンエアのレストランだが、周囲には観葉植物や花々でいっぱいの温室があって感じがいい。二人は伝統的なイギリス料理をおいしく味わいながらおしゃべりを楽しんだ。彼はオランダの話をし、少しだけ仕事のことに触れ、最近のウエストエンドの演劇について論じてから、巧みにクレアラベルが自分のことを話すように仕向けた。あとになってそれに気がつき、クレアラベルは腹が立った。自分のことはほとんど話さないで、わたしにばかりしゃべらせるなんて！　それに、ロンドンにはどれくらい滞在するのかと遠まわしにたずねたが、なぜか彼は答えなかった。

クレアラベルはベッドの中でそのことを考えながら、明日の朝もう一度きいてみようと心に決めた。初め思ったほど、あの人はいやな人ではないのかもしれない……。

翌朝クレアラベルが支度をすませて待っていると、ミスター・ファン・ボーゼルがやってきた。朝の挨拶を交わし、四月の初めにしてはじめじめと肌寒い陽気について以外はとりたてて話もせず、いったん診療所に着いてしまうと二人はそれぞれの職務について、きわめて職業的な立場でふたたび顔を合わせた。

診療所にはクレアラベルのほかに二人の理学療法士がいた。三人は仕事を分担し、ミスター・ファン・ボーゼルが最後の患者を診察し終えたずっとあとまで働き詰めだった。器具のあと片づけと整頓《せいとん》に取りかかったのは、一時過ぎだった。

ほかの二人と別れて表に出ると、診療所の前にロールスロイスがとまっていた。運転席には無表情なミスター・ファン・ボーゼルがいる。彼は車から降りてドアを開け、黙ってクレアラベルを乗せた。

「待っていてくださる必要はありませんでしたのに」クレアラベルはいくぶん不機嫌そう

に言い、彼の答えに面くらった。

「もちろんその必要はなかったがね、ぼくが待つことにしたのさ」車は滑るように流れに乗った。「あいにくゆっくり食事をしている暇はないけれど、ジェロームの角を曲がったところのニックズ・ダイナーはボリュームたっぷりのビーフサンドイッチとおいしいコーヒーを出すって研修医が太鼓判を押していた。そこへ行くことにしよう」ミスター・ファン・ボーゼルはそれっきり何も言わず、クレアラベルはどうしてもその場にふさわしい話題を思いつかなかった。もし何か異議を唱えても、無視されるか、言いくるめられるかだとわかっていた。

ニックズ・ダイナーは横町にあり、片側にはセント・ジェローム寺院の壁がそびえていた。小さな店は薄暗く、プラスチックのテーブルが窮屈に並んでいるが、店内は清潔で、コーヒーのいい香りが漂っている。

ミスター・ファン・ボーゼルはビーフサンドイッチとコーヒーを注文すると深く椅子にかけて周囲を見まわし、小さなテーブルの向かいに座ったクレアラベルを見た。「とても人を連れてきたいような店じゃないな。きみが侮辱されたとか、気分を害されたとか思わなければいいんだけど?」

「わたしが？　とんでもない」クレアラベルはぷりぷりしてつけ加えた。「そんな通人ぶるような俗物じゃありませんから」

「夢にもそんな人だとは思っていないよ。ぼくもさにあらずだけれど、きみがぼくをそういう人間だと思っているのがわかるんだ。それにしても、ふつうならきみみたいにきれいな女性には、もっとそれなりにふさわしい場所を選ぶものだろう」彼はクレアラベルが頬を染めるのを見守った。「きみはなぜクレアラベルという名前なんだい?」

「母が好きでしたの——歴史的なロマンスなんです。わたしが生まれそうだというときに、クレアラベルという名前のヒロインが出てくる小説を読んでいて、その名前がつけられたんです。母はそれと似たマリアラベルにしたかったらしいんですけれど、父が反対したそうです」

「弟さんは?」彼はさりげなくたずねた。

「セバスチャンですか? 母はかなりシェークスピアに凝っていたんです」彼女はサンドイッチを頬張った。「どうしてそんな……」そう言いかけて話をやめ、クレアラベルはもうひと口頬張った。この人が顧問医師だということを忘れてはいけないわ。それにミス・フルートの話を聞きかじったところでは、その方面では偉い先生らしいから。

「きみも知ってのとおり、ぼくの名前はマルク。私的な話のついでに、年は三十六歳。いまのところ、これ以上のプライベートを明かすつもりはない」

「あなたのプライベートになんて関心はありませんわ、ミスター・ファン・ボーゼル」彼女は冷ややかな威厳をこめて言ったが、口いっぱい頬張ったサンドイッチのおかげでそれは損なわれてしまった。

彼は笑った。「なんて怒りっぽいお嬢さんだ！　きみはいくつなんだい、クレアラベル？」

彼女は憤然と言い返した。「女の子に年をきくものじゃないということをご存じないの？」

「知っているさ。でも、きみはもう女の子じゃないよ、クレアラベル。十八歳に見えるけれど、もちろん違う」彼は眉を上げ、クレアラベルが答えるのを待っている。

まったく鼻持ちならない人――しかもますますひどくなる。「二十八歳よ」彼女はつんとして答えた。「まだほかにお知りになりたいことがありまして？」

「それはたくさんあるけどね、あいにく時間切れのようだ」

クレアラベルはからのカップを置いた。「そうですわね、行かなくちゃ。ごちそうさまでした」

彼は椅子を立ち、代金を払ってクレアラベルのあとから通りへ出た。「きみの足が痛くなるまでロンドンじゅうの公園を歩かせた若者はだれだい？」

彼女はすかさず答えた。「ご存じのはずがありませんわ」

「べつにせんさくするつもりはないけれど、儀礼的にきいたのさ。きみたちは、その……決まった恋人同士なのかい？」

「いいえ、違います」根が正直なクレアラベルは続けて言った。「ただ、わたしがその気になればそういうことになるでしょうけれど、そんなつもりはないんです。彼はただ、一緒に歩いてくれる相手が欲しかっただけよ」

ミスター・ファン・ボーゼルが声高に笑ったので、クレアラベルは機嫌を損ねた。

「笑うことはないでしょう」

「いや、ぼくはまったく別の理由で笑っているんだ。きみは気持が優しすぎる。きみはその名なしの若者をがっかりさせたりはしないだろう。それに、きみはあり余るほどデートの相手がいて、より取り見どりなんだろうな」

クレアラベルはまじめに言った。「ええ、そうかもしれません。でも、わたしはそれほど……世慣れてはいないんです」彼女は顔を上げ、真剣な目で彼を見た。「何を言っているか、おわかりにならないでしょうね」

「それどころか、実によくわかる」彼はふっとほほ笑み、結局この人は優しい人なのだとクレアラベルは思った。「今後もしぼくがデートに誘うようなことがあったらだがね、クレアラベル、きみは決して世慣れている必要はないとしっかり認識したうえでのことだよ。この年になったぼくだって、世慣れてはいないんだ」

二人は理学療法科へ通じるドアのところに来た。ミスター・ファン・ボーゼルはドアを開けると、軽くうなずいて行ってしまった。

クレアラベルは屋根つきの渡り廊下を小走りに行った。遅刻だ。ことによると、わたしはやっぱりあの人が好きなのかもしれない、と彼女はとまどいがちに考えた。とにかく、そんな気がするときもあるのだ。

ミス・フルートは、クレアラベルが遅れたことに対して意外なほど寛容だった。「忙しかったの？」

クレアラベルは急いで白衣を着ながら報告した。

「それじゃ、お昼はまだなの？」ミス・フルートは心配そうにたずねた。

クレアラベルはほんのり頬を染めた。「実はミスター・ファン・ボーゼルが帰りも乗せてくださって、わたしは……二人でニックズ・ダイナーでサンドイッチをいただきました」

「気がきく先生だこと」ミス・フルートはそっけなく言った。「腰の悪い、例の神経質なご婦人がいらしてるわ――あなた、見てくれるでしょう？　あの患者さんはひどく臆病《おくびょう》だから、優しくて急がない人がいいのよ」

「急がない？　ミス・フルート、わたしは六時までに失礼できればけっこうですわ」

「そう、午前中は楽しかったんでしょうね？」ミス・フルートはそれとなく言ってオフィスへ戻った。

それから二日間、クレアラベルは研修医やフレデリックと外来患者を相手に過ごし、ミスター・ファン・ボーゼルを一度も見かけなかった。

人生って、なんだか本当に退屈……イーノックとトゥーツに見守られて夕食を作りながら、クレアラベルはつくづく考えた。週末に実家へ帰るのもいいかもしれない。「みんな、いい気分転換になるわ」彼女は猫たちにそう言うと、一人で食卓に向かった。

翌日、帰宅しようとしていたクレアラベルは文字どおりばったり、病院の中庭でミスター・ファン・ボーゼルに出会った。彼は手を上げてクレアラベルをとめ、いきなり言った。「週末にバースへ行くんだ。ティスバリーできみを降ろして、帰りに拾うよ」

「あら、でも……」クレアラベルは彼の目を見て言葉を切り、ふたたび口を開いた。「本当はそのつもりでは……」黒い瞳にじっと見つめられて彼女はまたもや口ごもり、仕方なくのろのろと言った。「とてもうれしいですわ、ミスター・ファン・ボーゼル……あの、うちへ帰れるなんて」クレアラベルはあわてて言い添えた。なぜ急にこの人はにっこり笑ったのかしら？

「六時半にきみのフラットに行くから、ちゃんと支度をしておくんだよ」

彼は軽くうなずいて、クレアラベルが返す言葉を一つも思いつけないでいるうちに立ち去った。

彼女は家へ帰るとイーノックとトゥーツに報告をし、荷物を詰めた。明日着ていく服は、仕事に出かける前にそろえておこう。ミスター・ファン・ボーゼルは便乗を申し出てくれたが、もし一分でも彼を待たせようものなら、置き去りにして行ってしまうことは充分考えられる。

翌日の金曜日、診察室は大にぎわいなうえにミセス・グリーンが午前中で引き揚げてしまったため、クレアラベルはいつもより三十分遅れて家に帰った。靴を脱いでくつろぎ、ティーポット一杯の紅茶を飲みたいと思ったが、事情が事情なので、急いで猫にえさをやってシャワーを浴び、丈の短いジャケットにプリーツスカートを着た。そして痛む足にちょっとおしゃれなブーツをはき、猫をバスケットに押し込むと、一日じゅうたいしたことをしていなかったような様子でドアを開け、ミスター・ファン・ボーゼルと顔を合わせた。

彼はすべてお見通しというようにクレアラベルを見た。「疲れてるね？　車でひと眠りするといい」

クレアラベルは挨拶をし、眠る必要はないとつけ加えた。「それに、わたしが地図を見て差し上げたほうがいいかもしれませんわ」

彼はクレアラベルの荷物を取ってトランクに入れ、猫のバスケットを後ろの座席に置いた。「A二〇三号線に入って真っすぐに行く。きみは近くまで行ったら起きて、その先を教えてくれればいいんだ」

クレアラベルはぷりぷりして言った。「ずっと寝ていろとおっしゃるなら、できるだけそうするように努力します。あなたとお話をする必要はありませんから」

「ちょっと気が立っているね。ミセス・グリーンがいなくて大変だったんだろうな」彼は運転席に座り、クレアラベルの顔を見た。「きみの支度ができていなかったら、ぼくは待たないと思ったんだろう？　ぼくは気の短い人間だ。でも、ある種のことにかけては、必要とあらばいくらでも待つ覚悟はあるんだよ、クレアラベル」

彼女はなんのことかと考えたが、はっきりした答えは見つからなかった。「今日はあなたもお忙しかったんですの？」

「まいったよ。静かな週末を過ごすのが何よりだ。バースを知っているかい？」

「よく知っています。ときどき買い物に行きますから。あなたはたしか……お友だちがいらっしゃるとか？」

ミスター・ファン・ボーゼルは渋滞の中をロンドンの西へ走り始めた。「リンプレイ・ストークに、友だちじゃなくて妹夫婦がいるんだ」彼は横目でちらりとクレアラベルを見た。「目をつぶって、クレアラベル。きみは疲れている」

クレアラベルは眉をひそめた。しょっちゅう疲れているなんて、さえないわ。そうは思ったものの、言われたとおりにしないではいられなかった。一分もしないうちに彼女は眠りに落ちていた。

3

階下の窓に明かりがついており、ミスター・ファン・ボーゼルがゆっくりと車を玄関に近づけると、ミセス・ブラウンが勢いよくドアを開けた。彼女は眼鏡をかけていなかったので、いかにも近眼らしく目を細めてとまった車を見た。「まあ、乗せてきていただいたの？　よかったわね。どなたか知らないけれど、お通しして」彼女はすぐそばへ来て、車から降りようとするミスター・ファン・ボーゼルを見た。「まあ、大きな方だこと！　それに、これはロールスロイスじゃない？」

クレアラベルは車の反対側から駆け寄って母親に抱きついた。「ママ、こちら、整形外科のミスター・ファン・ボーゼルよ。ご親切に乗せてきてくださったの――これからバースへいらっしゃるんですって」彼女は母親と腕を組んだ。「ミスター・ファン・ボーゼル、母です」

彼は穏やかにミセス・ブラウンの手を握ってほほ笑みかけた。「はじめまして、ミセス・ブラウン」

「どうぞお入りください」ミセス・ブラウンはにこやかに彼を見上げた。「コーヒーでも……何か召し上がります？　サンドイッチはいかが？」

「せっかくですが、今夜はバースでみんなが待っているんです」

「主人がきっとお目にかかりたがるわ。帰りもクレアラベルを乗せていってくださいますの？」

彼は黙ってじっと立っているクレアラベルをちらりと見た。「日曜の夕方、六時ごろはいかがでしょう？　そのとき、ミスター・ブラウンにお目にかかるのを楽しみにしています」

「うれしいですわ。ご一緒にお夕食は？」

彼は首を横に振った。「夜遅く、人と約束があるので――遅くとも九時までには市内へ戻りたいんです」彼はもう一度ミセス・ブラウンの手を握り、クレアラベルににっこり笑いかけてから車に戻った。

走り去る車を見送ると、ミセス・ブラウンが言った。「すてきな方ね。お友だち？」

「違うのよ、ママ。わたしたち、顔を合わせれば言い合いになるの。もっとも、それもときたまだけど。あの人、猛烈な毒舌家なのよ」

「まあ、それは困るわね」二人は家に入り、ドアを閉めた。「患者さんに嫌われるでしょう？」

クレアラベルは、本当に必要なとき以外は嘘《うそ》をつかないよう正直に育てられたおかげで、認めざるをえなかった。「それがね、あの人はやたらとみんなに人気があるの。患者さんに対してはまるで人が違うのよ」

週末の間、クレアラベルはほとんどミスター・ファン・ボーゼルのことを忘れていた。土曜日の午前中はソしなければならないことがたくさんあったからだ。庭の手入れをし、日曜日は礼拝のあと、遠方ールズベリーへ母を車で買い物に連れていき、犬を散歩させ、日曜日は礼拝のあと、遠方から帰郷している牧師の息子を訪ねた。二人は幼なじみということもあって、クレアラベルはなんとなく彼をもう一人の兄弟のように思っている。三時過ぎに帰宅してお茶を飲んでから、彼女は帰り支度をした。

きっとミスター・ファン・ボーゼルは五分ほど儀礼的に両親と社交辞令を交わし、わたしと猫を乗せて夜の約束に遅れないように帰るだろう。だがクレアラベルは、彼が自分のしたいときにしたいことをする人間だということをうっかり忘れていた。実際、彼は一時間も腰を落ち着け、彼女の母親がいれた香り高いコーヒーを飲みながら、弁護士である父親と国際法について論じ合った。クレアラベルはおとなしく椅子にかけ、声をかけられるとコーヒーのカップを渡しながら、だれであれ今夜彼と約束をしている相手がなんとなく気の毒に思えた。相手はもちろん女性だろう。もしわたしが彼女だったら……デートはやめ。頭痛がするとかなんとか言って——そうでなければ、ほかにだれか食事をつき合ってくれる人を探すだろう。

目を上げると黒い瞳が考え深げに自分に注がれており、クレアラベルはまるで思っていることを口に出して言ってしまったような後ろめたい気持になった。彼はにっこり笑いかけ、思わずクレアラベルも笑い返していた。

ミスター・ファン・ボーゼルは立ち上がった。「そろそろ帰ろうか」彼はていねいにいとまごいをし、クレアラベルは両親がその態度に感服しているのを感じた。

「お約束に遅れてしまうんじゃないかしら」ティスバリーを離れると、クレアラベルは言った。

「そんなことはないさ。いま七時半だから九時ちょっと過ぎには帰れる。約束は十時だからね」

道路はがら空きに近かった。雨が降っており、ロンドン郊外に着くまで彼らを妨げるものは何もなかった。一般にそういうものだが、彼は車を走らせる間はほとんど口をきかなかった。一刻も早く義務を果たして、わたしをほうり出したくてたまらないのだろう、とクレアラベルは痛感した。楽しい夜を、と心にもないことを言って、彼女は去っていく彼の背中で玄関のドアを閉めた。

「もうこれっきり」自分でも何を言いたいのかわからないまま、クレアラベルはそう宣言した。

目が覚めると美しい朝だった。太陽は輝き、空は青く、暖かい風がそよそよと吹いている。四月なので家に帰るまでに雨が降る可能性もあるのだが、それでもクレアラベルはニットスーツとそれに合うブラウスを着ないではいられなかった。栗《くり》色のスーツは淡い金髪によく映え、彼女は自分の身なりに満足して職場へ向かった。バス停へ歩く途中、数人の男性が下品に口笛を吹いたが、女性としては悪い気はしない。

ミスター・ファン・ボーゼルは病院の前庭でクレアラベルを追い越し、口笛こそ吹かなかったが、車の速度を落としてまじまじと彼女を眺めた。クレアラベルはにこやかにほほ笑み、なぜか深い満足感を覚えた。

ふたたび彼と顔を合わせたのはそれから二、三日後だった。ミス・フルートはクレアラベルをずっと理学療法科に詰めさせ、たいてい週一度か二度やってくる常連の患者の治療に当たらせた。

週の終わりにミスター・ファン・ボーゼルが玄関のドアをノックしたとき、クレアラベルはことのほか驚いた。彼は《オペラ座の怪人》の切符を二枚持ってきて、当然クレアラベルがつき合うものと思っているらしい。

「なぜわたしを?」彼女はたずねた。

いちばん座り心地のよい椅子に彼がかけると、猫たちはその膝に上った。

「今日は忙しかったんだろう――ぼくもだ。おしゃべりはしたくないし、きみもそうだろう。かといって、一人で行くのはいやなんだよ」

「上手な言い方をなさるのね」クレアラベルは憤慨して息をはずませながら言った。「どんな女性でもすぐに飛びつくようなご招待ね。でも、わたしは行きません」

「あとで食事をしないか?」彼は、このうえなく魅力的な口調でクレアラベルを口説きにかかった。「うんざりするような一日のあとの芝居はすばらしいよ。今日はそんな日だったんだろう、クレアラベル?」

「ええ、それはもう。だから疲れているの。いま夕食を作ろうとしていたところですわ」

「じゃ、代わりにコーヒーをいれて、何かきれいな服に着替えたら出かけよう。あと一時間ある」

クレアラベルはかねがね《オペラ座の怪人》を観《み》たいと思っていたのだが、フレデリックは観劇のようなつまらないことにお金は遣わないという人だった。「あまり時間がないのね。まだイーノックとトゥーツに食事をやってないわ」

彼は椅子から体を起こした。「着替えておいで。コーヒーと猫の世話はぼくがする」ミスター・ファン・ボーゼルは台所へ行き、クレアラベルは寝室へ行ってクロゼットの中をのぞいた。シャワーを浴び、きれいなプリントのドレスを着たときになって、彼女は観劇につき合うとは言っていなかったのを思い出した。思わず手に靴を持ったまま、急いで居間へ行った。「ご一緒するとは申し上げていません……」

「でも、そのドレスを着てひと晩じゅう座っているわけにはいかないだろう。猫にえさはやったし、コーヒーもできている。すてきなドレスだ。それに、その髪がいい」

クレアラベルは彼を見つめた。「でも、まだ結っていないわ」髪は背中に垂れ、しめった金色の毛先がもつれている。「コーヒーをついでいただけるんでしたら、二、三分ですみますから」

すばらしい歌劇だった。クレアラベルは一瞬たりとも見逃すまいと、魔法にかかったようにステージに耳を澄まし、目を凝らした。ミスター・ファン・ボーゼルは椅子の背に寄りかかり、彼女を見ていた。幕間《まくあい》に彼はクレアラベルをロビーへ連れていって飲み物を買い、歌劇について彼女がせき込んで話す感想にまじめにうなずき、完璧《かんぺき》な聞き役にまわった。ついに最後の幕が下りると、彼はクレアラベルを車へとエスコートし、サボイ・グリルで豪華な夕食をごちそうした――おいしそうなサラダつきのロブスター・テルミドール、ラズベリーのショーフロワに何杯でもお代わりのできるコーヒーとプチフール。

「月曜は仕事かい？」彼はそれとなくたずねた。

「ええ。午前中は妊婦検診、午後は外来患者よ」彼女はプチフールを口に入れた。「ミスター・シャターはいつお帰りになりますの？」

「来週だ」

クレアラベルは彼がもっと何か言うのを待ったが、じっと黙りこくっている。とうとう彼女はたずねた。「そうしたら、あなたはお帰りになるの？」

「ああ、彼が戻ったら一両日中にね。ぼくがいなくなると寂しいかい、クレアラベル？」

手持ち無沙汰《ぶさた》にクレアラベルはコーヒーをついだ。「ええ、まあ、寂しくなるでしょうね」

「きっときみは、つき合えるかぎりデートを重ねていくんだろうね？」

「ええ」クレアラベルは真顔で言った。「でも、みんなあなたとは違うわ」

「そんなことがあってたまるものか！　クレアラベル、きみはこれからの人生をどう考えているんだい？」

食事のときに飲んだワインのおかげで、クレアラベルは口が軽くなった。「仕事が好きなの――やりがいがあるでしょう。でも、結婚して子供を持ちたいわ。ただわたしはちょっと……」

「だって、いままでにも結婚を申し込まれたことはあるんだろう？」

「何度かは。ただだれも……自分でもよくわからないの……万が一、本当に自分にふさわしい相手と出会ったとき、どうしたらそれがわかるのかしら？　もう手遅れかもしれないし」

「ちゃんとわかるし、手遅れでもないさ。でもたいていの人は、あてがわれた相手に甘んじて、うまくやっていくものだよ」

「つまり、人は必ずしも本当の相手に出会うとはかぎらないということかしら?」

「そうじゃないんだ。たいていの人は出会っても、必ずしも気づくわけじゃないってことさ」

「あら、人は恋をしてこそ結婚するものだとお思いになりません?」

「もちろんそう思うよ。でも結婚にはそれに勝るほかの要因がたくさんあるんだ。恋することとはまったく別の理由がね。しかも、それらが堅実な結婚生活の基礎にもなる」

クレアラベルはワインの酔いにぼんやりして、テーブル越しに彼を見た。「あなたは結婚なさるの、ミスター・ファン・ボーゼル?」そんな質問をしようとは夢にも思っていなかった。それはひたすらワインのなせるわざだった。

彼はふっとほほ笑んだ。「ああ、クレアラベル。身を固めて家族を持ちたいと真剣に考えている」

「もちろんオランダで?」

「もちろんだ」

「お幸せになられることをお祈りするわ」すっかりワインが代弁している。「奥さまは小柄でおきれいで、あなたが言うことなすことすべてに賛成して、あなたが望むとおりのことをなさるんでしょうね。そうでない女性と結婚なさるなんて考えられないわ」

「きみは想像をたくましくしすぎるよ、クレアラベル」彼がからかうように笑うとそれが冷たいシャワーの働きをして、残っていた酔いをさました。

クレアラベルはつぶやいた。「きっとお幸せになられるわ、ミスター・ファン・ボーゼル」

「ぼくもそう思う」

彼は日常のもろもろの話をしながら車を走らせ、クレアラベルを無事に玄関まで送り届けると、明るくおやすみの挨拶《あいさつ》をして、彼女に礼を言う間も与えずに車に戻った。

月曜日、クレアラベルはミスター・ファン・ボーゼルには会わなかったが、会えると期待していたわけではなかった。翌日の火曜日は集中治療室で、ある患者の呼吸正常化の訓練をした。水曜日の午前も終わり、ミセス・スノウの治療がすめば短い昼食時間になるというとき、当の彼女があわてて駆け込んできた。

「ここにいたのね」ミセス・スノウは重ね着をしたウールの上着の袖《そで》をたくし上げた。「例のすてきな若先生だけれど、オランダへ帰っちゃったんですって。残念じゃない？あの先生、好きだったわ。たまたまあの先生がミスター・シャターと握手しているところに通りかかって、話が聞こえたのよ。〝じゃ、これで失礼するよ。ハーウィッチから夕方のフェリーに乗るんでね〟って。彼がいなくなったからってわたしが寂しがるのはおかしいけど」

クレアラベルは、内心彼女に同意している自分にわれながら驚いた。本当におかしな話だ。彼のことはほとんど知らないのだし、好きなのかどうかさえまだわからないというのに、発《た》ってしまったとなると残念に思える。しかも、わたしにさよならも言わないなんて……観劇から送ってくれた晩、せめてそのことに触れてもよさそうなものだったのに。たしか一両日中にとは言っていたけれど、ミスター・シャターは今朝戻ってきたばかりだし……。

二人でサンドイッチを食べながら、クレアラベルはミス・フルートに言った。「ミスター・ファン・ボーゼルはさっさとオランダへ帰られたのね。ここが気に入らなかったのかしら?」

ミス・フルートは品よくソーセージロールを頰張った。「彼に会わなかったの? ご挨拶に見えたのよ。ここにいる間、とても楽しかった、またいつか来たいとおっしゃってね。ほら、あの先生とミスター・シャターは学友だったでしょう」

クレアラベルはさりげなく言った。「あら、そうでしたの?」どうやらミス・フルートは、わたし以上に彼のことを知っているらしい。

その午後、クレアラベルは気分がふさぎ、病院を出たところでフレデリックから日曜の夜のコンサートに誘われたので行くと答えてしまい、すぐに後悔した。いまはもう、フレデリックにはこれっぽっちの関心もないというのに。

それでも約束は約束だ。日曜日、クレアラベルは支度をして待ち、彼がフラットに迎えに来ると、仕事の話をしながら最寄りのバス停まで歩いた。コンサートの会場はいささか狭苦しいホールで、クレアラベルが好きでない現代音楽だった。コンサートが終わると、二人は四月も末に近い夜の戸外に出た。これが実家ならどんなにすばらしいだろう、と彼女は思った。騒々しいロンドンではビルに囲まれた細長い星空しか見えない。クレアラベルはため息をつき、コーヒーでも飲もうというフレデリックの申し出に応じた。

二人が入った店は狭くて暗くほとんど客がいなかったが、コーヒーはおいしかった。クレアラベルは二杯目のコーヒーをお代わりし、フレデリックが明らかに何か言いたそうにしていることを話すのを待った。ついに彼女は言った。「何か思っていることがあるのね、フレデリック、話して」

彼はもったいぶって切り出した。「いままでぼくのことを真剣に考えていたかい、クレアラベル?」

フレデリックが不安げなので、彼女はなだめるように答えた。「いいえ、フレデリック、でもあなたは、そんな気にさせるようなことは……」

「ああ、よかった」いかにもほっとした彼の様子に、クレアラベルは吹き出しそうになった。「ぼくはきみが大好きなんだ、クレアラベル——本気で結婚を申し込もうと考えたこともあった。だけど二週間前うちへ帰ったとき、ジョイスに会ってね」彼はしかつめらしくつけ加えた。「ぼくは無責任なまねをするような男じゃない」
「ええ、そうよ。そんな人じゃないわ」クレアラベルは優しく言った。「あなたのことはお友だちだと思ってきたわ、フレデリック、それだけよ」真実ではなかったが、彼はそう言ってほしいのだ。「彼女のことを聞かせて――その人もあなたを愛しているの？」

フラットに帰って食事をすませ、猫にえさを与えてから彼女は家に手紙を書いた。フレデリックがいなくなっても少しも寂しいとは思わないのに、なぜこうも気持が沈むのかしら？　猫にそうたずねても答えはなく、クレアラベルはポットにお茶を用意してベッドに入った。

ふだんは自分に満足し、結局はまんざらでもないと人生のめぐり合わせに甘んじることができるのに、クレアラベルは気分が晴れなかった。その週は例によってあわただしく過ぎたのだが、うれしいこともあった。四月は天候が不順がちなのにぽかぽかと暖かい日ざしがあふれる日が続き、彼女が住むいささかむさくるしい町を通って職場へ通うのすら快適に思えた。おまけに大切に育ててきた玄関わきのプランターのチューリップが花を咲かせ、小さな住まいに鮮やかな彩を添えた。そしてこれらのささやかな喜びに加えて、思いがけなく一日だけ午後が非番となり、彼女は買い物に出かけた。とくに買いたいものはなかったが、カラメル色の綿ジャージーのアンサンブルが目にとまった。その色が髪にも瞳にもよく映えることを知っているクレアラベルは、いつ着る当てもないままその服を買った。職場へ着ていくにはエレガントすぎるし、週末に実家へ帰るときにでも着よう。妙なもので翌日の午後、病院の住み込みの医師に呼びとめられて次の土曜の午後をつき合ってほしいと言われたとき、新しい服を着る格好のチャンスであるにもかかわらず、彼女はそれを断った。彼は実に楽しい男性だが、留守にしている友人のフラットへ行ってお茶を飲もうというので、用心して断ったのだ。

そのあとフラットへ帰るバスの中で押しつぶされそうになりながら、クレアラベルは考えた。わたしはちょっと頭が古くて、用心深くなりすぎているんじゃないかしら? もっとフレデリックにモーションをかけて、安泰な将来を確保しておくべきだったのかもしれない。

けれども玄関で猫たちに迎えられ、ゆっくりお茶が飲めると思うと、少しは気分が晴れた。

クレアラベルは近づく週末をどう過ごそうかと思いあぐねた。実家へ帰ってもいいのだけれど、高価な服を買ってしまったことだし――給料日は来週だから、実家へ行くのは次の週末にしよう。彼女はそう決めて自分を励まし、居間のレースのカーテンを洗濯することにした。部屋をのぞかれないよう、外からの目隠しになくてはならないのだが、一週間かそこらのうちに洗わなくてはならない。それに、寝室の椅子のカバーをかけ直そう。いつか買ったベルベットがあるし、台所のどこかに帯ひもと留め鋲《びょう》と金づちがあるはずだ。

「いよいよもってオールドミスになりそうよ」彼女は猫たちに言った。

週末が来た。クレアラベルはカーテンを洗ってバスルームに干すと猛然とやる気が起き、寝室の椅子を逆さまにして古いカバーをはがし始めた。そのとき、玄関をノックする音がした。それは、ミスター・ファン・ボーゼルのたたき方だった。彼女はつかの間うれしさがこみ上げるのを覚えたが、すぐに分別がそれをかき消した。そんなはずはない。彼はオランダにいるのだから。

だが、そうではなかった。彼女がドアを開けると、彼はそわそわした様子で玄関先に立っていた。

クレアラベルはいまいましい思いで彼を見上げた。というのは、彼女はぼろの服を着て、胸当てのところに〝せっせと働け〟と書いてあるビニールのエプロンをかけていたからだ。

「オランダにいらっしゃるはずなのに」

「いや、入れてもらえるのをここで待っている」

クレアラベルはつぶやいた。「ああ、ごめんなさい。どうぞお入りになって。週末で、そこらじゅうひっくり返していますけれど」

ミスター・ファン・ボーゼルはゆっくりと彼女のわきをすり抜けた。「ほかにもっとましなことはないのかい?」彼はこぶしで椅子をたたいた。「きみは椅子の張り替えをして、骨組みを元どおりにできるのかい?」

「あら、張り替えじゃなくて、カバーをかけているだけよ。おかけください、ミスター・ファン・ボーゼル」おそらく訪ねてきた理由をきいても無駄だろうと思い、クレアラベルは言った。「コーヒーはいかが?」

「いいね。ハーウィッチ行きの夜行のフェリーで来たんだ。途中どこにも寄らなかったものだから、朝食もまだでね」

クレアラベルは母性本能をかき立てられた。「そこに座っていらして、食事を用意しますから。ベーコンエッグにマッシュルーム、マーマレードつきのトーストと紅茶よ――コーヒーじゃなくて」

「イギリスへ来たからには、きみがいれる濃い紅茶がいい。できれば、きみが支度をする間にこの椅子を見てあげよう。きみの仕事ぶりは、あまりたいしたことがなさそうだからね」

クレアラベルは憤慨して食ってかかった。「本当にあなたって我慢ならない人ね! うちへ食事をしに来ておいて――こっちは作って差し上げる理由もなく、ひたすら好意からだっていうのに――人の仕事をばかにするなんて。あなたがもっと上手になさるところを見せていただきたいものだわ」

「そうするよ、クレアラベル。でも、いろいろ言いたいことはあるだろうが、ぼくにお説教をする前に、頼むから食事をさせてくれ」

「まあ、なんて人かしら！」彼女はそう言いながらも台所へ入った。

テーブルの支度をしようと居間へ戻ったクレアラベルは、上着を脱いだミスター・ファン・ボーゼルが椅子のカバーかけに取りかかっているのを見て驚いた。

「そんなことをしてくださらなくてもいいのよ」彼女は大きな声で言った。「週末たっぷり時間をかけてするつもりだったのに」

「いや、そうはいかないよ。食事がすんだら、二人でリッチモンド・パークへ行くんだ——ぼくも少しは歩かなくちゃ。それに、今夜は食事のあとでダンスをしに行こうと思っているんだ」クレアラベルが目を白黒させて突っ立っていると、ミスター・ファン・ボーゼルはせっつくように言った。「クレアラベル、ベーコンが焦げるよ」

彼女は皿いっぱいに盛りつけ、それをテーブルに運んだ。

「なんのお話かわからないわ」

「じゃ、まず最初に、頼むからミスター・ファン・ボーゼルと呼ぶのはやめてくれ——ぼくの名前はマルクだ。それは知っているはずだよ」彼はベルベットでぴったり椅子を覆い、手際よくひだを寄せた。

きれいに食事を平らげると、彼はふたたび椅子の仕事に取りかかった。その場の情況にどう対処したらよいのかわからず、クレアラベルは黙って食事のあと片づけをし、食器を洗って居間に戻った。椅子はでき上がっており、しかも見事な仕上がりだった。

「ここを通る人は、いつもこんなに無作法に人のうちをのぞくのかい?」

「カーテンを洗ったの。もうほとんど乾いているけれど」

「じゃ、いますぐつるしてしまおう。それで今日の作業はおしまいと願いたいね」

クレアラベルは力なく言った。「これからほかの椅子のクッションを……」

「なにも急ぐわけじゃないんだろう?」彼は安楽椅子に腰かけた。「着替えておいで、クレアラベル、ぼくはその間にひと眠りしているから」

クレアラベルは、蛇と顔をつき合わせたうさぎの気持がよくわかった。「でも、わたしはどこにも行くつもりは……いま言ったように……」

彼は脚を伸ばして目を閉じた。「家事をするきみを見るためにはるばるやってきたわけじゃないんだ。その方面の能力を実証する必要はないさ」

クレアラベルは立ったまま彼を見て、言いたいことをあれこれ考えたが、口に出すのは思いとどまった。そして、眠っている彼の顔に見とれた。なんてハンサムなのだろう……それに、どことなく親しみを感じさせる……この人を好きになりそうだわ。クレアラベルは訂正した。わたしはこの人が好きなのよ。気むずかしいところはあるけれど、なんでもないわ。うわべは平然と人をあざけるけれど、きっと内面はすばらしい人よ。

彼女はそっと寝室へ行き、新しいジャージーの服に着替えた。

4

　クレアラベルが居間へ戻ると、ミスター・ファン・ボーゼルはすっかり目を覚まし、猫を膝に載せていやに気取った顔をしていた。彼は体を起こし、長時間じりじりと待たされていたかのように時計を見た。

「あなたは眠っていらしたわ。わたしが待ちぼうけを食わせたようなふりはなさらないで」

「クレアラベル、きみにそんなことをするはずがないじゃないか。さあ、支度はいいかい？」

　彼は自分が立った椅子に猫を載せてやり、玄関のドアを開けた。むさくるしい通りには場違いな感じでロールスロイスがとめてある。

「その服、気に入ったよ。ぼくとデートをするときのために買ったのかい？」

　およそ途方もない発想に、クレアラベルは言葉を失ってしまった。促されるままに車に乗り、ドアが閉まり、彼が隣に座ってもまだ口がきけない。しばらくして、彼女はようやく冷ややかに言った。「これを買ったのは着るものが必要だったのと、気に入ったからです。あなたにまたお目にかかるなんて思ってもいませんでしたわ」

「会えたらいいと思っていただろう?」彼は小首をかしげ、ゆっくりほほ笑みかけた。

クレアラベルはハンドバッグを開けて中をのぞき、また閉めた。「知っている方と旧交をあたためるのはいいものですから」尊大な気取った言い方だ。「またお目にかかれてうれしいわ」

ミスター・ファン・ボーゼルは大きなため息をついた。「それはよかった。昼食にしよう」

二人はブーレスティンの店で食事をすませて車に戻り、目と鼻の先のリッチモンド・パークへ行くと車を降りて歩き始めた。リッチモンド・ヒルに向かいながら、二人は足をとめて美しい眺めに見とれた。

「すばらしいところね」クレアラベルは言った。「ロンドンがはるかかなたに思えるわ」

「きみはロンドンが嫌いかい?」

「観劇や外出をするのは好きだけれど、それもときたまならの話よ。生活があわただしすぎるわ。実家にいると、毎日が二倍も長く感じられるの」クレアラベルは少し横を向きかけたミスター・ファン・ボーゼルの顔を見た。「ロンドンはお好き?」

「きみと同じようにね――あまりしょっちゅうでないほうがいい。とはいっても、もちろんぼくは仕事で必要とあらば、どこへでも行くよ」

「いくらでも仕事はお選びになれるでしょう。あなたはトップの座にある方だとミス・フルートがおっしゃっていましたわ」

ミスター・ファン・ボーゼルは笑った。「自由でいたいのに、トップの座におさまっていても仕方がないさ。そうだろう?」

「じゃ、お望みどおりの暮らしではないの?」

「そうかもしれない。確かに、ぼくにとって仕事は大切だ。でもおそらく、いったん身を固めたら、多少は二の足を踏むだろうな」

やがて二人はもと来た道を戻り始めた。車が見えるところまで来ると、彼女は言った。

「うちへ寄ってお茶を召し上がりません? 気持のいい日ですから」

「うれしいね、そうするとしよう。ぼくはきみとお茶を飲むのが好きなんだ」

バターつきパン、母親手作りのジャム、ゆうべ自分で焼いたケーキをトレイに載せて居間へ行くと、またもやミスター・ファン・ボーゼルは眠っており、クレアラベルはしばらくの間、彼が目を覚ますのを辛抱強く待った。

「ゆうべはおやすみにならなかったの?」彼女はたずねた。「フェリーでは?」

「眠ったよ。一時間かそこいらね。ここしばらく忙しい夜が続いたから、取り戻しているんだ」

クレアラベルは紅茶を渡し、バターつきパンを勧めた。「ロンドンに着いたら、すぐおやすみになればよかったのよ。明日はジェローム病院へいらっしゃらなくてはならないの？　日曜日なのに」

「まさか。この週末は休みにしたんだ」彼はあっという間にパンを平らげた。「今夜は食事をして、踊ろうよ」

「ばかなことをおっしゃらないで！」クレアラベルは叫んだ。「あなたはくたくたなのに――あんな長い散歩につき合うなんて、わたしはどうかしていたのよ。ミスター・ファン・ボーゼル……」彼女はじっと黒い瞳を見つめた。「いえ、マルク……真っすぐホテルへ戻って、ひと晩ゆっくりおやすみになって」

「ホテルは取ってないし、ひと晩眠ったら、今夜出かけられなくなってしまうよ。それにたまには少々ばかなことをするのもいいものさ」彼は椅子の背にもたれてほほ笑んだ。

「そのケーキはきみが焼いたのかい？」

「ええ、そうよ。なぜホテルをお取りにならないの？」

「こっちへ来たときに使う小さなフラットがあるんだよ」

クレアラベルはケーキを差し出しながら、喉まで出かかった問いをのみ込んだ。そのフラットはどこにあって、彼自身のものなのか、それとも借りているのだろうか？　家政婦がいるの？　あるいは女性が？　彼は家庭を持つことを待ち望んでいると言っていたけれど……。

黒い瞳が、おかしそうにきらめいている。「心に思っていることを隠す訓練をしなくちゃね、クレアラベル。おいしいケーキだ。八時に迎えに来ていいかい？　サボイで食事してから踊ろう」ほほ笑みが苦笑に変わった。「結婚前の、ぼくの最後のお遊びになるかもしれないな」彼は立ち上がって玄関に向かった。「おいしい紅茶だった。いろいろありがとう、クレアラベル」

彼が後ろ手に静かにドアを閉めると、クレアラベルは窓辺に立ち、滑るように走り去るロールスロイスを見送った。お茶のあと片づけをしながら彼女は猫に話しかけた。「あの人はなぜうちへ来たと思う？　女の子なんて山ほど知っているでしょうに。それに、ちゃんと自分のお国がありながら、なぜイギリスへ来るのかしらね？　あの人が結婚しようとしている女性はどこにいるのかしら？」

クレアラベルはパールグレイのデシンに淡いピンクとグリーンの花柄がついた新しいドレスを着た。美しい素肌を生かして化粧は軽くパウダーをはたき、淡いピンクの口紅をつけるだけで充分だ。ただし髪は時間をかけてとかし、うなじのところでまとめた。イブニングバッグに鍵《かぎ》を移しているとき、ミスター・ファン・ボーゼルがドアをノックした。

急いで玄関に飛んでいってドアを開けると、彼の冷ややかな声が飛んできた。「何度言ったら、チェーンをかけずにドアを開けるのをやめるんだ？　それに、なぜ靴をはいていない？」

クレアラベルは、堂々とした彼の姿に見とれた。メドウ・ロードの住人は、これほど優雅なディナージャケット姿を見たことがあるかしら？

彼女はグリーンの靴をはき、いらなくなったからというので叔母にもらった丈の短いベルベットのイブニングコートを手にした。デザインが古いのだが時代がひとめぐりし、いままたそれが流行の先端になっている。ミスター・ファン・ボーゼルはコートを受け取って彼女に着せかけ、そっと髪に触れた。

「きれいな髪の毛だ」彼は言った。まるで友だちの犬をほめるような口ぶりに、クレアラベルはがっかりさせられた。

ロールスロイスに乗り込むとき、そこらじゅうの家が窓のカーテンをめくったが、クレアラベルは平然としていた。それでも、隣近所の噂《うわさ》の種にはなるだろう――最近、ミスター・ファン・ボーゼルは足しげく彼女を訪ねているのだから。

「本当に、なぜロンドンにいらしたの？　忙しいとおっしゃりながら、せっかく空いた週末の半分を旅で無駄になさるなんて」彼がきりりとした口元に冷やかすような小さな笑みを浮かべたので、クレアラベルはぽっと頬を染めた。「ごめんなさい、よけいなことでしたわね」

「そんなことはないよ、クレアラベル」ミスター・ファン・ボーゼルは、車が川を越えるとまた口を開いた。「教えてくれないかな、ぼくを好きになり始めたかい？」

クレアラベルは無愛想に答えた。「むずかしい質問をなさるのね。でも、きかれたから答えますけれど、たいていのときはあなたが好きよ」彼女は深く息を吸った。「でも、なぜそれが問題なのかわからないわ」

「きみみたいに美しい女性は、深く考える必要はないんだよ。今夜は、お互い好意を寄せているということにしないかい？　こんなにはるばる訪ねてこなくちゃならないなんて残念で……」彼はあとの言葉をうやむやにごまかした。

サボイホテルの正面玄関前に着くとミスター・ファン・ボーゼルは車をドアマンに任せて、彼女をホテルの中へ促した。

リバー・ルームはほとんど満席だったが、二人のテーブルはテムズ河畔を見渡す窓際のいちばんいいところだった。「すばらしいのひと言に尽きるわ」クレアラベルは言った。「オランダにもこんなホテルがありますの？」

「大きな町にはね。ぼくが住んでいるところは、ほとんど夜のお楽しみはない。でもオランダは小さい国だから、さほど車で遠くへ行かなくても夜の外出を楽しめるよ」

クレアラベルはスモークド・サーモン、チキンのクリーム煮、ワインソースや濃厚な生クリームをたっぷり使ったストロベリー・オムレットを注文した。ミスター・ファン・ボーゼルはフィレ・ステーキを食べ終えると、彼女をダンスに誘った。

クレアラベルはダンスがうまく、彼の巧みなリードで二人はぴったりと息が合った。彼女はオムレットがおいしくてたまらなかったのだが、ふたたび踊りに誘われるとすぐに腰を上げた。ミスター・ファン・ボーゼルはチーズボードに満足したらしい。それからまた二人がテーブルに戻ると、すぐにコーヒーが出された。クレアラベルはコーヒーをついで言った。「とっても楽しいわ」

二人は遅くまで踊ったが、彼が玄関を開けて彼女におやすみの挨拶《あいさつ》をしたときはさほど遅い時間ではなく、カーテンをめくったのはごくわずかの家だった。

「明日は十時に来るよ」不安そうに戸口でたたずむクレアラベルに彼は言った。「おやすみ、クレアラベル」

「さあ、お次は何かしら?」彼女は猫に問いかけた。「もうあの人とデートをする必要はないわよね?」

まばゆいような朝の光が、クレアラベルのゆうべの固い決意を溶かした。彼女は早く起きて猫にえさを与え、食事をすませて狭い家の掃除をし、気を遣って今日も新しい服を着た。見るからに所在なげに座っていると、いつものように力強いノックとともにミスター・ファン・ボーゼルがやってきた。「やあ――コーヒーは?」あっさり言われて、彼女はすっかり調子が狂ってしまった。冷静にさりげなく振る舞おうと思っていたのに、玄関先に傲慢《ごうまん》な鼻を突き出すなりコーヒーを要求するなんて。

「おかけになって」クレアラベルはつっけんどんに言った。「コーヒーをいれてきます」彼女はすっと台所に入ると大きな音をたててやかんに水を入れ、カップをかちゃかちゃいわせながらトレイに並べた。

「家庭の安らぎだな」椅子にゆったりくつろいでミスター・ファン・ボーゼルが言った。目を閉じた彼の両側に、猫たちがぴったり寄り添う。

クレアラベルは台所のドアから顔をのぞかせた。「家庭には二つの面があるわ。あなたは、料理や洗い物や片づけのことをお忘れじゃないかしら」

「いやいや」彼は目を開けてクレアラベルを見た。「小柄な女性が台所の流しの前に立っているのを眺めるのは楽しいものさ」

「まあ！」わたしは小柄ではないし、洗い物が嫌いだとわかっていて言ったのかしら？彼女は黙ってコーヒーと砂糖を渡し、自分は窓際の回転椅子にかけた。

「コッツウォルズへ行かないか？」

「遠すぎるわ」

「そんなことはないさ。トゥワイフォード、ディドコットを通って、ホワイト・ホース・ヴェイルを抜けて、アドルストロップでパンとチーズを……」

「だって、チェルトナムの方まで行くのよ――かなり遠いわ」

「日ごろと違う眺めに触れるのはいいことだ」彼はコーヒーを飲み終えた。「きみも飲んでしまえよ、クレアラベル。猫にえさをやって、戸締まりをして、ガスの元栓を締めて、女性が出かける前にあれこれすることをすませるんだ」

クレアラベルは食ってかかった。「うちへ来るなり〝コーヒーは?〟なんておっしゃったかと思えば、今度はいきなりそこらじゅうを駆けずりまわれだなんて」

ミスター・ファン・ボーゼルが立つと、頭が天井につきそうになった。「カップはぼくが洗うし、猫のえさもやる。きみはその金髪をとかしておいで」クレアラベルが思わず髪に手をやると、彼は言った。「たとえて言えばの話だよ」

ロンドンとその郊外を抜けてしまうと道路はそれほど込んでおらず、ミスター・ファン・ボーゼルはいとも簡単に猛スピードで車を走らせるので、どちらかというと運転はおっかなびっくりのクレアラベルはうらやましく思った。

楽しいおしゃべりや、ときには気のおけない沈黙を繰り返すうちに、ロールスロイスはいつの間にかアドルストロップに着いた。黄金色に輝く石造りの家々、屋根窓のあるスレートぶきの田舎家が大通り沿いにずらりと並んでいて、実にすばらしい。ミスター・ファン・ボーゼルは村のあるパブの前庭に車をとめ、クレアラベルに手を差し出した。「前にも来たことがあるんだ。きみも気に入ると思うよ」

そのとおりだった。パブは細長くて暗く、ゆがんだ梁《はり》と黄色いしっくいの壁、奥にダーツ板があるが、ありがたいことにスロットマシンやジュークボックスはない。ミスター・

ファン・ボーゼルがクレアラベルの飲み物と自分用にビールの大ジョッキを買ってくると、二人は何を食べようかと相談した。「パンとチーズとおっしゃったでしょう」クレアラベルは笑顔で彼を見上げた。「そうしましょうよ――スティルトンチーズでね」

おいしい食事がすむとミスター・ファン・ボーゼルは村を散歩しようと言いだした。二人は教会に行き、その近辺の大邸宅に数百年にわたって住んでいたというリー家の膨大な墓碑を見て歩いた。中には相当古い碑銘もあり、ミスター・ファン・ボーゼルは親切にもそれらのラテン語を訳してくれた。

ぶらぶらと教会を出たところで彼は言った。「いや、楽しかった――そろそろ帰るとするか」

クレアラベルはどこか途中の店でゆっくりお茶を飲むとか、場合によっては夕食をつき合ってもいいと思っていたのだが、すぐに同意した。ことによると、彼はあれほど熱心にわたしとつき合おうとしたものの、一緒にいることにもう飽きてしまったのかもしれない。

ミスター・ファン・ボーゼルがクレアラベルの家のドアを開け、彼女が居間に入ったのはちょうど五時をまわったころだった。クレアラベルは週の初めに焼いたビスケットや残り物のケーキをトレイに載せ、紅茶をいれた。

「今日はすてきな思いをさせてくださってありがとうございました」彼女はていねいに礼を言った。「本当に楽しかったわ」

「でもきみは、どうしてぼくが途中でお茶も飲ませずに真っすぐ帰ったんだろうと――ディナーに誘われるかもしれないとすら思っていたんじゃないか？　あいにく、今夜オランダへ帰らなくちゃならないんだ」

クレアラベルは受け皿にカップを落とし、もう少しで割ってしまうところだった。「今夜ですって？　だって、もう六時よ。そうならそうとなぜ言ってくださらなかったの？」

「女房みたいな言い方だな」彼は笑った。「もしそう言ってしまえば、今日一日、きみは楽しく過ごせなくなる。十分おきに時計を見ることになっただろうからね」彼はしばらくクレアラベルを見つめてから言った。「いいかい、クレアラベル、ぼくはきみみたいに人を退屈させない女性はほかに知らない。気楽にパンとチーズを食べ、教会を見て、そわそわと髪や化粧を気にするでもなく、おいしいコーヒーをいれ、それでいて男ならだれもがディナーに誘いたくなるような女性だ」

クレアラベルはじっと彼を見つめ返した。「あなたは何をしにいらしたの？」

ミスター・ファン・ボーゼルは立ち上がった。「たったいま言ったとおりさ、クレアラベル。紅茶をごちそうさま。おいしいビスケットだった。トット・ジーンス」

クレアラベルは玄関まで送りに出た。「どういう意味なの？」

「この場合は、また会うときまで」

「あまり当てになさらないことね」彼女は冷たくほほ笑み、しゃちこばって手を差し出したが、その手を優しく握られ、口づけをされてどぎまぎした。

彼女は車が走り去るのを見送るとばたんとドアを閉め、もう一杯紅茶をついだ。

「最初会ったときはあの人が気に入らなかったの」彼女は猫に話しかけた。「それから好きになって……いいえ、好きだと思ったわ。でも、そうじゃなかった。だから今度もまたビスケットにありつけると思ったら大間違いよ――ひからびたパンとお水でたくさんですもの」彼女は憤然と声を高めた。

だが洗い物をしているうちに、二度と彼は訪ねてきそうにないという考えが頭をかすめた。たやすく彼の誘いに応じすぎたわ。初めて誘われたときに断るべきだった。彼は心を乱す人――わたしにふさわしい人じゃない。そのことをしっかり心に刻もうと、クレアラベルは声に出して二度繰り返した。

そんなわけで、その週、彼女はミスター・ファン・ボーゼルの名前を耳にするどころか、なんの音沙汰《おとさた》がなくても喜んでしかるべきだった。週末は実家へ帰ることにし、金曜日の夜ではなく土曜の午前中の列車に乗ったのだが、それはミスター・ファン・ボーゼルが横柄にドアをノックするのを期待していたせいだとは認めようとしなかった。

「顔色が悪いわ」母親が言った。「ロンドンに閉じこもって働きすぎなのよ。週末には公園に行ったらいいのに。あのまじめな人――フレデリックだったかしら？　いまでも日曜日にはあなたを公園じゅう引きずりまわすの？」

「いいえ、彼はひと月くらい前に実家に帰ったとき会った女の子と結婚するの」

「まあ、がっかりしたでしょう?」

「ちっとも」

「それならよかったわ。彼があなたにぴったりとはどうしても思えなかったのよ。いつか車で送ってきてくださったあのすてきな方のことだけど、何かわかったの?」

「あの人はオランダ人で、オランダに住んでいるの。たまに手術をしにジェローム病院へ来るのよ」

母親は目を細めて娘を見た。いとしいクレアラベルは嘘《うそ》はついていないにしても、何かを隠している。ミセス・ブラウンは独りよがりにそっとほほ笑んだ。彼女は母親の勘というものを固く信じており、いままでのところそれが外れたことはない。

クレアラベルがいつもより早くメドウ・ロードへ帰ると言いだしても、ミセス・ブラウンは異議を唱えなかった。快く賛成し、瓶いっぱいに自家製マーマレードを詰めたり、フルーツのたっぷり入ったケーキを包み、あまり働きすぎないようにと念を押した。「遊ぶことも大事よ。デートのお相手はたくさんいるんでしょうから」

月曜の朝はまずいことだらけだった。寝過ごしたうえに髪の毛がどうしても言うことをきかず、いつものようにすんなりと結えなかった。猫たちはなかなか庭から家の中へ入らず、皿も一枚割った。そこへきてさらに悪いことに、バスに乗り遅れてしまった。クレアラベルは息を切らして顔を上気させ、いささか不機嫌な状態で病院に着いた。

「遅刻よ」ミス・フルートが言った。「でも、男性病棟へ行く時間はあるわね。ミスター・シャターの回診よ」

院内を走り、彼女が看護師長を取り囲むグループにたどり着いたとき、時計が時を打った。

一行が病棟に入って大きくドアを開けると、師長が前に進み出た。だれよりも先に朝の挨拶をすることが彼女の特権だ。ところが、それに応《こた》えたのはミスター・シャターではなかった。研修医やインターン、医学生を従えたミスター・ファン・ボーゼルがつかつかと入ってきて礼儀正しく師長の挨拶に応じ、連れの一同に目を向けた。クレアラベルは急いだためにすでにほてっていた顔がなおさら赤くなり、ミスター・ファン・ボーゼルは一瞬彼女の仰天した顔に目をとめたものの、少しも表情を変えずに視線を移した。何も言わないにしても、ほほ笑んでくれたってよさそうなものなのに。今日は朝からついてないわ、と彼女は思った。ずっとこの調子でいきそうだ。

何人目かの患者のところで、ミスター・ファン・ボーゼルが言った。「ミスター・シャターに言われているこの患者さんを診ようか？　この人は、午後手術をする。ミス・ブラウン、彼の意識が戻りしだい、受動訓練を始めること――あいにく彼は慢性気管支炎をかかえているが、この脚をなんとかするにはただちに手術をしなくてはならない。だから、呼吸訓練と、一時間ごとに痰《たん》を取ってあげてください」彼は私情をまじえない目で彼女を見た。

クレアラベルは師長と手短に相談をすませてから理学療法科へ戻り、ミス・フルートのオフィスに顔をのぞかせた。「失礼します。実は、ゆうべ左脚を複雑骨折して入院した患者さんを任されたんです。気管支炎も患っていて、術後に麻酔が切れたら――夕方になると思うんですけど、一時間ごとに治療に当たらなければならないんです。でも、こっちの治療の予約もぎっしり入っていて……」

「そのようね。あなたの患者さんは、一日二日延ばしておくわ。夜勤はだれかに代わってもらうのね？　時間はどれくらいかかるの？」

「師長は夜八時まで残るようにおっしゃいました」クレアラベルはひと息ついた。「ただ、猫のことが気がかりで……」

自分でも年寄り猫を飼っているミス・フルートは、同感だというようにうなずいた。

「三時ごろ、一度うちへ帰ったら？　五時までには戻れるでしょう？　予約患者の治療は三時にならないと始まらないわ。二時間くらいなら抜けても大丈夫よ」

クレアラベルはイーノックとトゥーツの世話をすませて急いでフラットから戻ると、集中治療室に待機して患者の到着を待った。彼は二人の看護師につき添われて回復室から出てきたが、最初の一時間は看護師たちがギプスをはめた重い脚をつり上げるのを見守るほかにクレアラベルにはすることがなかった。ひどい複雑骨折だ、と看護師の一人が言った。そこらじゅうに散っていた骨のかけらをミスター・ファン・ボーゼルが根気よくかき集めてピンできれいにとめて骨を固定したという。彼の診断によれば、脚は二、三カ月でほぼ正常に戻るだろうとのことだった。いまその脚はおよそ役に立ちそうになく、ギプスからつま先だけが出ており、大きく切開した箇所が頻繁にのぞけるように長い窓が切ってある。

ほどなく患者が目を覚ましたので、クレアラベルは仕事にかかった。彼女の判断では確かに気管支炎は重いのに、彼は痰を払いたがらなかった。

「さあ、やってごらんなさい」クレアラベルは精いっぱいなだめるように言った。「ずっと気分がよくなるわ。本当よ。頑張っても無駄よ、わたしは一時間置きにこうすることになっているの。痰を払えば払うほど、あなたを楽にしてあげられるわ」

彼は弱々しく悪態をついたが言われたとおりにし、やがて枕《まくら》に仰向けになった。看護師たちは彼を楽な姿勢に直した。

「順調にいってるかい?」ミスター・ファン・ボーゼルが彼女の耳にささやいた。「二、三日この状態を維持できたら、もう心配ない」彼はクレアラベルのわきを通って患者のところへ行き、かがみ込んで彼を診てから、来たときと同じようにそっと立ち去った。

八時、ミス・フルートが足音を忍ばせてやってきて、軽くクレアラベルにうなずいた。二、三引き継ぎ事項をやり取りし、帰宅していいと言われたところへミスター・ファン・

ボーゼルが戻ってきた。そこで彼女はすぐに帰るのをやめて報告をし、引き揚げようとすると彼に呼びとめられた。「ミス・ブラウン、ちょっと待ってくれないか」感じのいい口調だったが、無視できない何かがあった。クレアラベルがミス・フルートと一緒に待っている間、彼は夜勤の看護師や師長と何やら打ち合わせをし、もう一度患者を診てから二人のところへ来た。そしてミス・フルートに断って、クレアラベルをドアの外へ促した。

廊下へ出ると、彼は手短に言った。「五分したら理学療法科の入口に行く。送っていこう」

「ありがとうございます。でも、けっこうですわ。一人でちゃんと……」

「言い合いはなしだよ、クレアラベル。二人とも疲れているし、きみは睡眠をとらなくちゃ――あの患者は、できるだけ短期間で回復させたいんだ」

「わかりましたわ、ミスター・ファン・ボーゼル」クレアラベルがあまり素直に答えたので、彼は目をまるくしたが何も言わなかった。二人はエレベーターで一階に降り、黙って別れた。

疲れた――クレアラベルはいままでそれを意識していなかった。早く食事をしてベッドに入りたい。着替えて病棟の入口のドアに鍵をかけると、ロールスロイスが待っていた。車は少なく、メドウ・ロードはがらんとしていた。ミスター・ファン・ボーゼルはクレアラベルと同時に車を降り、鍵を受け取って玄関を開け、彼女のあとから中に入った。

「コーヒーにします?」彼は何を言いだすのだろうと思いながら、クレアラベルはたずねた。

「いや、紅茶がいいな。サンドイッチはできるかい?」彼はクレアラベルの横をすり抜けて、やかんを火にかけた。

クレアラベルは振り向いて、まじまじと彼を見た。「こんにちは、クレアラベル」

「そのとおり。でもあれは……どう言えばいいのかな? 仕事のうえでのことだった。いまは、きみとぼくと二人きりだ。きみが病院じゅうの噂の種になるようなことは極力避けたいからね」彼はティーポットを受け取り、熱い湯を注いだ。「きみとの友情を尊重しているんだよ」

「あなたを友だちとは思えないわ。確かに、ご親切に車に乗せてくださったり、どこかへ連れていってくださったり、ディナーへも……でも、わたしにはあなたがわからないの。ときどき、あなたを好きなのかどうかもはっきりしなくなって」

「わかっているよ。気にすることはないさ」ミスター・ファン・ボーゼルはふっとほほ笑んだ。

彼は疲れている。クレアラベルはことさらきっぱりと言った。「おかけになって。サンドイッチはわたしが作ります。これから病院へお戻りになるの?」

「そう、一時間もしたらね」彼が椅子の背にもたれて目を閉じると、クレアラベルはたまらなく気の毒に思え、パンにバターを塗ってサンドイッチを作り始めた。サンドイッチができ上がっても彼は眠っていたので、彼女は猫にえさをやり、静かにトレイを居間へ運んだ。温かいしっかりした食事をとらなければいけないのに、とクレアラベルは彼を気遣った。おそらく昼食もとっていないだろうし、患者を心配するあまり夕食も忘れてしまうに違いない。ぎりぎりまで自分を駆り立てる人なのだ。

サンドイッチを皿に盛りつけ、紅茶をいれて振り向くと彼がじっと見ていた。少しも眠そうな目つきではない。

クレアラベルはとげとげしく言った。「眠っていらっしゃると思っていたわ」

「眠っていたよ。なんのサンドイッチだい?」

「チーズとピクルス、ハム、レタスとトマトよ」

彼は満足そうにサンドイッチを味わった。「ねえ、クレアラベル、結婚したら、きみはご亭主が何時に帰ってきても夜食を作ってあげるかい?」

「ええ、もちろん。ただし、仕事で遅いときだけで、遊びまわってきたときは別よ」

彼は真顔で言った。「きみが遊び人と結婚するとは考えられないな。おいしいサンドイッチだ」

「お昼を召し上がらなかったの?」

「ああ」彼はもう一つサンドイッチを取ってぱくついた。

「でも、病院に戻ったら夕食を召し上がるんでしょう?」

「たぶんね。あの患者の容態しだいだ。きみは明日の朝、交替かい?」

「八時にね。あの人はどうなんでしょう?」

二人は打ちとけて患者の病状について話し合ったが、やがて彼の帰る時間になった。

翌日と翌々日、クレアラベルはたびたびミスター・ファン・ボーゼルと顔を合わせたが、それは病棟の中で、当番の看護師の報告を渡しただけのことだった。

手のやける患者だったが、ようやく好ましい反応を示し始めた。木曜になると、クレアラベルは彼につきっきりでいる必要がなくなり、ミス・フルートはオフィスに戻った。クレアラベルとミセス・グリーンは彼が危険な状態を脱して理学療法は朝夕のみとなり、ほかの病棟の患者と一緒に組み込めるようになるまで三十六時間分の混乱したスケジュールを二人で分担することにした。

平常勤務に戻れてうれしい、とミス・フルートに言ったものの、クレアラベルはミスター・ファン・ボーゼルに会えないのが残念だった。そして明くる日、彼女が回診のために病棟へ行くと、担当医はミスター・シャターだった。手の腱《けん》を切った少年が立派にほぼ完全に機能を回復した様子をミスター・シャターに見せながら、クレアラベルは思った。あの人はオランダへ帰ってしまったんだわ。寂しいわけじゃないけれど、挨拶ぐらいしてくれればよかったのに……。

週末は実家へ帰るつもりだった。バスがのろのろ運転だったのでクレアラベルはフラットへ駆けて帰った。そそくさと紅茶を飲み、シャワーを浴びて着替え、猫にえさをやって二匹をバスケットに押し込んだ。幸い、いつもより一台早い列車に間に合いそうだ。最後の点検に駆けずりまわっているとき、ノッカーが音をたてた。彼女ははたと立ちどまった。これだけ力強いノックをする人は一人しかいない。そして彼女が知るかぎり、その人はオランダにいるはずだ。

その人は玄関先にいた。クレアラベルは息をのんだ。「いま出かけようとしていたところで……」

「ご挨拶だね」彼は穏やかに言った。「でも、入らせてもらうよ」

彼はそう言って中に入り、そっとクレアラベルを押しながら居間へ来た。

クレアラベルは彼を振り向いた。「いいこと、わたしはうちへ帰るところなんです――列車に乗り遅れてしまうわ!」

「ぼくが乗せていってあげるよ。向こうの方へ行くんだ」彼は、はぐらかすようにほほ笑んだ。「ここでコーヒーを飲んで、途中で食事をごちそうするとしよう」

「母が待っていますから」

彼は受話器を外して、クレアラベルに渡した。「やかんをかけてくる」彼は猫をバスケットから出して台所へ行ってしまった。クレアラベルは何も言えないまま受話器を元に戻して彼のあとから台所へ行った。

「ちょっと、あんまりだわ。うちへいらしたかと思うと、ああしろこうしろって——おかげで列車に乗り損なったじゃないの！」

ミスター・ファン・ボーゼルは、スプーンでコーヒーをカップに入れていた。「列車より前か、すぐあとに着くさ。お母さんに知らせなくていいの？」

居間に戻って番号を押しながら、クレアラベルはいちばん楽な方法をとっている自分に気がついた。母親の陽気な声を聞いても、彼女は気分が晴れなかった。「まあ、よかったわね。パパもわたしも、もう一度あなたのすてきな恋人にお目にかかりたいと思って……」

「あの人は、わたしの恋人じゃないわ」クレアラベルは不機嫌に少し声を高くして答え、がちゃんと受話器を置いた。

「気分がいいものだな」ミスター・ファン・ボーゼルが台所で言った。「たとえ言った本人がご機嫌斜めだとしても、恋人と言われるなんてさ」彼は愛想よく笑いながらクレアラベルにコーヒーの入ったカップを渡し、彼女の不機嫌な表情が消えていくのを見守った。

クレアラベルは、半分笑いながら言った。「何かあなたのお気に障ることがありまして？」

「ああ、あるとも」

彼は大まじめだった。安楽椅子にかけてコーヒーを飲んでいる。その場の沈黙が少し気詰まりになり、クレアラベルはたずねた。「またお仕事でこちらへ？」

彼はうなずいた。「例の患者のギプスを替える――傷口をふさごうかと思っているんだ。経過は良好だからね。それに、ミスター・シャターから悪性の患者のことで相談を受けているんだ」

「こんなにしょっちゅう行き来なさって、ご負担じゃありません？　家にいらっしゃりたくないの？」

「イギリスにもこういうことわざがあるかい？　〝わが家は心のあるところ〟っていうわけさ」

クレアラベルは首をかしげて彼を見た。「あなたは腰を落ち着けられないということですの？」

ミスター・ファン・ボーゼルは軽くほほ笑んだ。「いまの時点では、時期尚早だな」

クレアラベルはカップを台所にさげた。「ご結婚なさるんでしょう、ミスター・ファン・ボーゼル？」

「名前はマルクだよ。そう、そのつもりでいる」

「でしたら、そうたびたびイギリスへいらっしゃれなくなりますね？」彼女は振り向いたとたん黒い瞳に出合い、彼が眉を上げるのを見て頬がほてるのを感じた。「せんさくするつもりはなかったのよ」彼女はつっけんどんに言い、猫を抱き上げてバスケットに入れた。「あなたさえよければ、支度はできました」どぎまぎするあまり、木で鼻をくくったような言い方になった。「送ってくださるなんて、ご親切だこと」ちらりと盗み見ると、彼は笑っていた。「何がそんなにおかしいの?」

ミスター・ファン・ボーゼルはバスケットを受け取った。「きみは本当にかわいい――すてきな奥さんになるよ」彼はドアを開けた。クレアラベルは質問の答えを聞かないまま彼の横をすり抜けた。

5

努めてくつろいだふりをするつもりでクレアラベルがたわいないおしゃべりを始めると、彼は自分のことには触れずに如才なく受け答えをした。しばらくすると話の種も尽きてしまい、彼女はじっと黙り込んだ。

ミスター・ファン・ボーゼルは深く息を吸い、穏やかに言った。「そんなに無理することはないさ、クレアラベル。ぼくをそれほど好きでないにしても、ぼくのことは充分知っているんだから、きみさえ気にならなければ黙っていていいんだよ。どこで食事をしようか？」彼はそうきいたものの、クレアラベルの答えを待たなかった。「ミドル・ワロップにいいレストランがある。オールド・ドレイパリー・ストアといってオランダ人がやっているんだ」

彼が穏やかな口調で気さくに店の話を始めたので、クレアラベルはじきに緊張がほぐれた。レストランに着くころにはいつもの自分を取り戻し、目の前に出された料理を楽しむことができた。しかし二人はそれほど食事には時間をかけず、一時間もしないうちに車に戻って、ソールズベリーへと急いだ。

「A三〇号線で行って、ファヴァントで曲がることにしよう」すでに暗くなって空には星がきらめき、月も出ていた。急なカーブや蛇行が続く田舎道を通り、車はファヴァントでわき道に入った。「違ってたら、そう言ってくれ。この道は知らないんだ」

辺りには村落もなく、あるのはさびれた農家か穀物倉庫の列で、たまに道路からはるか奥まったところにぽつんと家が見えた。

ミスター・ファン・ボーゼルがS字形カーブの手前で速度をゆるめ、さらにスピードを落としてカーブを曲がりきったとき、前方に青いライトが光って警察の道路標識が置かれているのが見えた。百メートルほど行ったところで、彼らは警官にとめられた。

ミスター・ファン・ボーゼルは窓を開けた。「何かお役に立てることがありますか？ ぼくは医者ですが」

「救急車を待っているんです——大けがをした男性と、創傷とショックを受けた年輩の夫婦、それにまったく無傷の若い娘がいるんですがね。よろしかったら、重症の男性を診ていただけませんか？ その……はっきりしたことはわかりませんが……」警官はためらいがちにクレアラベルを見た。

「この人も病院で働いていますから、大丈夫です」クレアラベルが憤然とため息をつくのが聞こえたとしても、ミスター・ファン・ボーゼルは相手にしなかった。「それなら、診ることにしましょう」彼は車を降り、後ろの座席から鞄《かばん》を取った。「ここで待っていなさい」そうクレアラベルに言い、警官と連れ立って歩いていった。

十分ほどで救急車が到着したが、そのあとだいぶたってからようやく彼は戻ってきた。

彼は車の窓から頭を突き出し、クレアラベルに言った。「男の人は死んでいる。あとの二人は救急車がソールズベリーへ運ぶが、女の子は無傷で、できるだけ早くバースへ帰りたがっているんだ。彼女を乗せていくことにしたよ――両親の家があるそうだ」

彼はクレアラベルが何もきかないうちにまた引き返し、ほどなくその若い娘を連れてきた。小柄でほっそりした、色が黒くて妖精《ようせい》のようにかわいい女の子で、頼りなげな雰囲気があった。車のところに来ると、彼女はじっとミスター・ファン・ボーゼルの顔を見上げたのだが、それがいやらしい秋波に思われて、クレアラベルはいやな気がした。

「本当にご親切ね」娘は少女のようなか細い声で言った。「わたし、どうしたらいいのか……」声を詰まらせ、小さなすすり泣きを漏らした。「とにかく今夜じゅうにうちに帰らないと……両親がすごく心配するわ」

彼女が後ろの座席に座ると、ミスター・ファン・ボーゼルはてきぱきと言った。「クレアラベル、このお嬢さんと一緒に座ってくれないか？　だいぶショックを受けている。彼女をバースへ送る前に、きみのお母さんは彼女にお茶を一杯飲ませてくれるよね？　ひどい目にあったんだから」

クレアラベルは車を降り、ちらりとこちらを見てかわいくほほ笑む娘の隣に乗り直した。

「もちろんよ。もしよかったら、ひと晩お泊めしてもいいし」

娘は真剣な口調ですかさずそれをさえぎった。「だめよ、だめなの。できるだけ早くうちに連れていってもらわなくちゃ」その声があまりに真剣そのものなので、クレアラベルは驚いて娘を見直した。

「明日の朝、警察から連絡がいくからね」ミスター・ファン・ボーゼルは、優しすぎるほどの口調で娘をなだめた。

この娘《こ》が演技をしているのがわからないのかしら？　亡くなった同乗者のことを嘆くでもなければ相手の車の夫婦を気遣うでもなく、クレアラベルには彼女がショックを受けているとは思えなかった。娘は顔色もよく手つきもしっかりしており、手鏡を取り出して顔をのぞき込んでいる。

ミスター・ファン・ボーゼルはひとしきりじっと考え深げに娘を見ていたが、やがて車に乗った。

「どこかこの辺で曲がるんだろう？」彼は肩越しにクレアラベルにたずねた。

「次の標識があるところよ。あの人たち、大丈夫かしら？」

「ああ、彼らはウイルトンへ行くところだったそうだ。息子が住んでいるんでね。警察が息子さんを両親のところへ連れていくことになった」

「亡くなった男の人は?」

「バースから、家族がこっちに向かっている」

「ご両親はお気の毒に……」クレアラベルはそうつぶやいたが、ミスター・ファン・ボーゼルは何も答えず、娘は知らん顔をしていた。

クレアラベルの母親はかいつまんだ事情を聞いただけですぐに彼らを居間に通し、若い娘を休ませようとベッドと熱いお茶を用意して、電話をかけるように勧めた。「ご両親が心配なさるわ」

「かけたくないわ」娘はそわそわして答えた。「お茶をいただいたら、ドクターがうちまで送ってくださるの。できるだけ早く帰らなくちゃ」

クレアラベルが紅茶をいれ、ビスケットを勧めていると、ミスター・ファン・ボーゼルはそれとなく娘にたずねた。「亡くなった青年のことだけど、きみはよく知っているのかい?」

娘は肩をすくめた。「わたし、友だちはたくさんいるわ。彼はいつもスピードを出しすぎてたの」

「じゃ、行こうか?」ミスター・ファン・ボーゼルに言われると、娘はろくに礼も言わずに跳ねるように立って玄関へ急いだ。

彼女はブラウン夫妻ににっこりほほ笑み、クレアラベルには軽くうなずいてみせただけで、ミスター・ファン・ボーゼルの腕につかまった。「ふらふらしちゃって」娘は甘ったるい声で言い、けろりとした目で彼を見た。

「楽しい週末をね、クレアラベル」ミスター・ファン・ボーゼルは言った。「出だしがこんなで、すまなかったね」

二人が行ってしまうとクレアラベルは居間へ戻らず、むくれている猫たちを急いでバスケットから出して台所でえさを与えた。そこへ母親がやってきた。

「どういうことか話してちょうだい。ミスター・ファン・ボーゼルが事情を聞かせてくださったけれど、細かいことが知りたいの」彼女はテーブルについた。「あの娘、感じが悪かったわね」

「まったくね」クレアラベルはテーブルの上のパンを切り取り、口に入れた。「ママ、あの娘ったら亡くなった男の人を気にするようなことはひと言も言わないし、哀れっぽい演技をするのはひたすらマルクの気を引くためなのに……まったく男の人なんて、鈍いったらないんだから！」

ミセス・ブラウンはクレアラベルが〝マルク〟と呼んだことに多少満足を覚えたが、いまはそれもあの娘の印象で影が薄くなっていた。男というものは、どんなにわかった人でも、頼りなげでもの欲しそうな視線にだまされるものだ。あいにく、いとしいクレアラベルは頼りなげでもなければもの欲しそうでもない。それどころか、この娘は問題が起きるといつでも真っ先に、実際にそくした救いの手だてや、冷静な解決法を持ち出すのだから。彼女はため息をついてあいまいに言った。「きっとショック状態だったんでしょう」

「とんでもない！」クレアラベルは答えた。

ミスター・ファン・ボーゼルは帰りに彼女を乗せていくかどうかに触れなかったし、日曜の朝になっても電話がかかってこなかったので、クレアラベルはふたたび荷物を詰め、両親と昼食をすませると、列車で帰ることにすると言った。「パパ、悪いけれどティスバリーまで乗せていってくださる？　夕食にちょうどいい五時十五分の列車があるの」

父親は、きっとミスター・ファン・ボーゼルから電話があるだろうからと言おうとして口を開きかけたが、妻の能弁な視線に出合って口を閉じ、せき払いをして言った。「いいとも。あの列車は都合がいい」

昼食後、クレアラベルは実家の飼い犬のローヴァーを連れて散歩に行き、ミスター・ファン・ボーゼルのことは考えまいとした。彼を好きになったことなんてあるものですか、と彼女は自分に言い聞かせた。彼はほかにつき合ってくれる相手がいなくて、わたしをデートに誘ったにすぎないということは充分考えられるわ。彼女はローヴァーに向かって言った。「来週の週末は内科のインターンにディスコへ行かないかと誘われているから、彼につき合うことにするわ。それに、もしミスター・ファン・ボーゼルが訪ねてきても――そんなことはありそうにないけれど、絶対にドアを開けませんからね」

家へ帰ると、母親がお茶をいれてくれた。クレアラベルが猫をバスケットに押し込んでいるとき、電話のベルが鳴った。

彼女はそばにいた母親に必死で言った。「ママが出てちょうだい。もしマルクだったら、列車で帰ったと言って」そして母親がためらっていると、彼女はつけ加えた。「お願い、ママ、ほら、わたしはいま出るところだし、パパだってもう車庫に行ってしまったんだから、嘘《うそ》をつくことには……」彼女はいぶかしげな母親にキスをすると、猫と荷物を持って玄関を飛び出した。

フラットに帰ってひと休みし、夕食のスクランブルエッグを作ろうとフライパンにバターを落としたとき、ドアをノックする音がした。これほど激しくたたく人は一人しかいない——ミスター・ファン・ボーゼルだ。でも、もうドアは開けないと決心したのだ。二度目にけたたましいノックの音がしたとき、彼女の気は変わった。すでに彼の出入りに興味津々の近所の住人は、窓際でカーテンをちらりと開けているに違いない。クレアラベルは玄関へ行き、勢いよくドアを開けた。手にはまだフライパンを握っていた。

ミスター・ファン・ボーゼルは、彼女の横をすり抜けて台所へ入った。「チェーンをかけないでドアを開けるなと、もう一度言わせる気かい？」

思いがけない挨拶《あいさつ》に、クレアラベルは言葉を失ってぽかんと口を開けた。彼はフライパンを取るとガスの火をとめ、きちんとレンジの上に置いた。

「きみのお母さんはチャーミングだね——大好きだよ。ただし、嘘をつくのは下手だ。きみはきみで、玄関のドアをばたんと閉めて出ていくんだから」

クレアラベルはやっと声が出た。「お帰りになって。何をしにいらしたのか知らないけれど……」

「お母さん同様、きみも嘘をつくのは下手だな。ぼくが何をしに来たのかわかっているはずだし、帰る気はないよ。きみが夜の戸締まりをしないうちにと、命がけの危険を冒して車を飛ばしてきたんだ。きみはなぜ逃げたんだい?」

「逃げやしないわ」つい大声になり、クレアラベルは冷静に威厳を持って話そうと努めた。「明日は仕事があります。ということは、今日の夕方までに帰らなければならないわ。だから、ちょうどいい時間の列車で……」

彼があざけるような笑みを浮かべたので、クレアラベルは狼狽《ろうばい》した。「当ててみようか——ぼくは、帰りにきみを乗せるとは言わなかった。それどころか、男の騎士道精神をいやがうえにもかき立てようとけしからんまねをする、妖精みたいにチャーミングな女の子を乗せていってしまった。当然、きみは二日間たっぷり想像をたくましくして、自分が捨てられ、きみの半分ほどしかないやせっぽちの娘のために自分が無視されたような気になった。おそらくきみは遠くまで散歩に行って、ぼくが訪ねても二度とドアを開けまいと誓った……」

クレアラベルは彼をにらみつけた。まさにそのとおりだ。彼女は冷ややかに言った。「うぬぼれるのもいいかげんになさって。わたしだって、ほかに考えることがあります。さあ、お帰りください。夕食にしたいの」それでも彼女は、こう言い足さずにいられなかった。「あなたがどんな週末をお過ごしになろうと、これっぽっちも興味はありませんから」

ちらりと彼を見ると、顔は無表情だが目がおかしそうに笑っている。クレアラベルは、あの娘が自分の半分ほどしかないという表現がおよそ気に入らなかった。まるでこちらが十八号サイズのように聞こえるが、実際は見事に均整のとれた十二号だ。

彼の笑みから、あざけりの色が消えた。「夕食をごちそうになってもいいかい？　それからきみがこしらえたそのおとぎばなしは頭から追い払ってくれないかな？」彼はボウルに卵を割ってフォークでほぐし始めた。「卵はぼくが作るから、パンを焼いて」クレアラベルが黙ってパンを切り始めると、彼は続けた。「あの娘は、例の亡くなった青年と遊びに行ったんだ。明らかに二人で週末を過ごすつもりで、両親には友だちの家に泊まると言ってあった。だから、やっきになってバースへ帰りたがったんだ——親にどんなでっち上げを話したか知らないけどね。事故の話は口どめされて家に寄るように言われたけれど、ぼくは断った。予定よりずいぶん遅れていたからね」フライパンに卵を流し、ゆっくりとかきまぜる。「あれから妹のところへ行った——日曜の朝、男の子が生まれたんだよ。ひと晩じゅうついていて、病院から帰ったのは明け方で、きみに電話をかけるには早すぎた。だからひと眠りして、また妹に会いに行ったんだ」

クレアラベルはパンにナイフを当てたまま、きれいな顔に後悔の表情を浮かべた。

「ああ、マルク、わたしったら分別のないおばかさんだったわ。本当にごめんなさい。あなたはほとんど寝ていないのに、食事もしないで飛んできてくださったのね」

「ドライブは好きだし、いまから食事にありつけるし、いつでも眠れるさ。卵は全部使っていいのかい？」

「もちろんよ。飲み物は何になさる？」クレアラベルは腹を立てていたことを忘れてかいがいしく給仕をし、改めてまじまじと彼を見て、彼が疲れきっているのを感じた。

「紅茶がいいな。何か食前の飲み物はある？」

「だいぶ前、父に赤ワインをもらったの。探してくるわ」

クレアラベルがワインを差し出すと、彼はラベルを読んで満足そうにうなずいた。「食前にはあまり一般的でないけれど、何かでお祝いしなくちゃ」

「お祝いって？　何をお祝いするの？」

「だって、もとの二人に戻れたんじゃないか。コルク抜きを出してくれれば、ぼくが開けるよ」

二人はワインを飲み――その方面にかけてはやかましいミスター・ファン・ボーゼルに

とって、しかるべき適温ではなかったのだが――バターつきトーストを何枚も食べ、卵を平らげた。それがすむと、彼女は母親にもらったフルーツケーキを出し、彼が大きなスライスを何枚か頬張って紅茶とともに飲み下すのを見守った。やがて彼は満足して椅子の背に寄りかかった。

「とてもおいしかったよ、クレアラベル」ちらりと腕時計を見る。「でも、残念ながら帰らなくちゃ。あと片づけを手伝えなくてすまないけど」

ミスター・ファン・ボーゼルが腰を上げると、クレアラベルも立ち上がった。彼女はがっかりしていたが、そんな気持を見せまいとした。暖炉の前でくつろぎ、とりとめのない話をして残りの夜を一緒に過ごせたらいいのに、という漠然とした思いが深く心に根ざしていた。でも、彼がそんなことをする理由は何もないのよ。明らかに、わたしは手軽に食事ができる便利な逃げ場、いわば妹みたいなものですもの……彼女はそう思うのがたまらなくいやだった。

「片づけなんていいのよ。遅くなるわ」クレアラベルは明るく言った。彼はどこへ行くのだろう？　もう十時、しかも日曜日だというのに……。

ミスター・ファン・ボーゼルは急ににっこりした。

「クレアラベル、またおとぎばなしを作っているね。なぜ、ぼくがどこに行くのかきかないんだい？」

「きくわけないでしょう。あなたの私生活をせんさくしたいとは思いませんわ」

彼は優しく彼女の頬をなでた。「でも、ぼくたちはまた友だちに戻ったんだろう?」

クレアラベルはふくれ面で答えた。「つまり、あなたがほかにもっと気のきいた行き場所がないとき、うちでコーヒーを飲んだり食事をなさりたいということでしたら、そう、友だちよ」

「そんなところだ。きみは寛大だね」彼は手を差し出した。「友だちだろう?」

翌朝になると、クレアラベルは視点を変えて考えた。常識からいって明らかだ。ミスター・ファン・ボーゼルがわたしを妹のように考えてはいけないという理由は何一つない。彼がそうしたいならそうすればいいのであって、問題は、わたしが彼を兄のようには思えないことだ……。

その週は、三回彼と顔を合わせた。初めの二回は職場で、三回目はいささか変わったケースだった。土曜日の午前中、クレアラベルはバーリントン・アーケードでウインドウショッピングをしながら、父親の誕生日に何かいい贈り物はないかと探していた。どれも高くて手が出ないような趣味のよいネクタイが並ぶウインドウから目を離したとき、ミスター・ファン・ボーゼルがアーケードをこちらへ歩いてくるのに気がついた。彼はクレアラベルを見なかったが、それもそのはず、自動車事故のときの妖精のような娘がそばについていた。

クレアラベルは何やらわけのわからない強い衝動に駆られ、いまウインドウをのぞいていた高級紳士服店のドアを開けて中へ飛び込んだ。十分後、彼女は財布の金をほとんどはたき、それでもミスター・ファン・ボーゼルに出くわさなくてすむなら安いものだと思って買ったネクタイを手に店を出た。

ピカデリー・サーカスの方へ歩き、ヘイマーケットの角を曲がると、残る週末がむなしくのしかかるような気分でスタンフォード通り行きのバスに乗った。帰宅して三十分もしないうちにジェローム病院の外科の研修医から誕生パーティーへの誘いの電話があったのは天の救いだった。

「場所はドッグ・アンド・シスルだよ」それはジェローム病院の医局員が常連となっているパブだった。「だれかがきみの送り迎えをするよ。ミス・フルートも来るし、テディにパット……」二人とも理学療法科の同僚だ。「きみの知っている人ばかりさ」

楽しくにぎやかな晩になった。パブの奥の間に大勢がすし詰めになり、ポテトチップスを食べ、ビールやトニックウォーターを飲んだ。給料日直前のため、せいぜいその程度のことしかできなかったのだ。

翌日の午後はインターンと国立美術館を見学し、小さなカフェでお茶を飲んで過ごした。

月曜の朝、クレアラベルは回診に加わった。もしミスター・ファン・ボーゼルがまともにこちらを見ればの話だが、彼を冷たくにらむチャンスにありつけるかもしれない。ところが彼の姿はなく、クレアラベルはがっかりした。

回診をしたミスター・シャターが言った。「ミスター・ファン・ボーゼルがオランダへ帰ってしまったのが残念だね。努力の成果を自分の目で確かめたかっただろうに」

クレアラベルはあいまいに答えた。がっかりしたのは、彼に肘鉄砲を食らわしそこねたせいだ。どうしてそう思いたいのかは、自分でもよくわからない。結局、彼はわたしの人生に現れ、去ってしまった。いずれわたしも彼のことをすっかり忘れるだろう――そう、ほとんど完全に。顔を合わせるたびに言い争いはしたけれど、彼は人生におもしろみを与えてくれたし、彼と過ごすのは楽しかった。

その週は、いつもより長く感じられた。金曜日の晩になると、クレアラベルは疲れて意気消沈した。うつろな週末が控えている。そう、実家に帰ればいいんだわ。彼女は夕食をとりながらそうすることに決め、行くのは翌日の午前中にした。

翌朝早く、クレアラベルは家を出た。メドウ・ロードの向こう端には二、三の店がある。彼女は必要な品を買い、急いで家に戻ってショルダーバッグに荷物を詰め、食品の始末をしてから母親に電話をかけた。

激しくドアをたたく音に驚いて、クレアラベルはジャーに移しかけていた砂糖の袋を取り落としてしまった。ミスター・ファン・ボーゼルはオランダに帰ったとミスター・シャターは言っていた。二度目のノックを聞くと、彼女はチェーンをかけてから用心深くドアを開けた。

「やあ」ミスター・ファン・ボーゼルは澄まして言った。「ようやくぼくの忠告を聞き入れてくれてうれしいね。さあ、いい子だからドアを開けて」

クレアラベルは細いすき間から彼をのぞいた。「いま出かけるところなの。申し訳ないけれど、あなたがいらっしゃるとは思っていなかったものですから」

「それは当然さ」彼はクレアラベルをじろりと見た。「入れてくれるまで、ここでノッカーをたたき続けるよ。ほら、もうカーテンの陰からのぞいてる人がいる」

クレアラベルがドアを開けると、ミスター・ファン・ボーゼルは彼女の横を通って居間へ入った。

「話があるんだ。きみをティスバリーへ送っていくのが得策だろう。そうすれば道々話せるからね」彼は台所へ行ってやかんを火にかけた。「コーヒーにする？」

「ずっとイギリスにいらしたの？」

彼がレンジにかがみ込んだので、クレアラベルは黒い瞳がきらっと光ったのを知らなかった。「いや、オランダさ。ゆうべ渡ってきた」

「じゃ、何をしにここへ？」彼女はカップを二つトレイに載せ、冷蔵庫からミルクを出した。

彼が振り向いた。「だって、まだ友だちだろう？」

クレアラベルは無愛想に答えた。「たぶんね。でも、どうして……」

「なるほど、きみはまだ怒っているんだな。ウインドウにネクタイがずらりと並んだあの店で、何か買ったのかい？」

クレアラベルは持っていたスプーンを落としてしまった。みるみる頬がほてり始め、ただでさえかわいい顔になんともいえない愛らしさを添えた。

「知っていたのね！　なんて意地が悪いのかしら」

彼はインスタントコーヒーをスプーンで計った。「やれやれ、意地が悪いとは、店に入ってネクタイを選ぶのを手伝わなかったからかい？　それとも、ぼくがアルマ・クーパーと一緒だったから？」

クレアラベルは不機嫌に言った。「それがあの娘の名前？　べつにどうでもいいことですけれど」

「そうだろうね」彼はコーヒーの入ったカップをクレアラベルに渡し、しかめ面にほほ笑みかけた。「途中でお昼を食べようかと思っているんだ。きみさえよければ、またオールド・ドレイパリー・ストアでね。猫をバスケットに入れておくから、支度しておいで」

ミスター・ファン・ボーゼルは話を急がなかった。西へ向かう車の中で、二人はときたま気のおけない沈黙をはさんで雑談をし、昼食に寄った店でも、彼は話したいことを少しもにおわせなかった。コーヒーが出されたとき、クレアラベルは思いきってたずねてみた。

「あの……お話って、なんですの？」

「そのうちにね」よそよそしく、いくぶん冷ややかな口調だ。クレアラベルはそれ以上せっついても無駄だと思い、コーヒーを飲み終えた彼に車へ促されるまで、好奇心を抑えていなければならなかった。

車に乗っても、彼はまだ黙っている。ファヴァントで道を折れ、ティスバリーまであと数キロのところまで来たとき、彼はロールスロイスを道端に寄せた。

「よく聞いてほしいんだ、クレアラベル。最後まで黙っているんだよ」

クレアラベルはむくれていた。「まるで講義でも始まるみたい。でも、うかがいます。だって、そうするしかないでしょう？」見ると、ミスター・ファン・ボーゼルは眉をひそめている。「アルマのことね？　当ててみましょうか。あなたは彼女を好きになったけれど、実はオランダに恋人がいる――もう婚約しているかもしれないわ。だからどうしたらいいのかわからない、というんでしょう。それにしても、あなたは何事につけても、およそ人の助けなんて必要としない方だと思っていましたけど」

「きみはすばらしい想像力の持ち主だって前に言わなかったかな、クレアラベル？　そのとおり、アルマのことだ。それに、ほとんど事実に近いところまで当たっているけれど、問題はそれだけじゃない。彼女をバースの自宅へ送り届けて、ぼくとしてはそれでけりがついたつもりだった。ところが、彼女はまたぼくに会いたかったらしい。ぼくの名前や住所や職場を調べ上げた。ぼくはほかの女友だちに対するのと同じ態度で接したのに、どうやら彼女はわざとぼくを困らせようとしているらしい。結婚するつもりだと言ったのに、信じようとしないんだ」彼は振り向いたが、その表情には、彼女が居住まいを正したくなるような何かがあった。「もしぼくがフィアンセを作ることができたら、彼女も納得がいくだろう。それでふと、きみなら承知してくれるんじゃないかと思った。その、間に合わせの名目だけということで、フィアンセ役を演じてくれるんじゃないかと……」

クレアラベルはやっと声が出せた。「わたしが？　おかしいわよ！　だって……あなたはオランダの恋人と結婚なさるんだと思っていたから」

「きみはそう思っていたかもしれないが、ぼくの口からそう言ったことは一度もないはずだよ」彼はかすかにほほ笑んだ。「それもきみの想像だ」

「そうね。でも……ばかげてるわ」

「確かにばかげている。それにふざけたことだ。だけどもしきみがこの問題をまったくゆがめて大げさに考えるつもりなら、もちろんこれ以上は何も言わない」

「どうなさるの？」

「いや、そこなんだが、オランダへ帰ってしまえば、ぼくにしても事は簡単だ。でも、それではせっかく共同作業をしてきたミスター・シャターとぼくにとっては残念だし、これから始めようとしている貴重な計画もいくつかあるんだよ」

前方にじっと目を据えて静かに話す彼を見て、なんといかめしい横顔だろうとクレアラベルは思った。仕事が彼にとって大切であることはわかっているし、彼はジェローム病院で立派な手術をなしとげている。しつこくて厄介な小娘のためにそのすべてを放棄しなければならないのは、彼にとって理不尽なことだろう。「具体的に、どうなさるおつもり?」

彼女はこちらを振り向いたミスター・ファン・ボーゼルの顔をじっと観察し、わが意を得たりとばかりに勝ち誇ったような様子が少しでもあれば、力になるのは断るつもりでいた。

「いま話すから、この週末に考えてくれればいい。アルマはロンドンで友だちと暮らしている。ぼくは彼らに会ったこともなければ、どこに住んでいるかも知らない。彼女はぼくの帰宅時や朝フラットから出勤するときに、なんとかぼくをつかまえようとする。たまにぼくの外出についてくるときもある――バーリントン・アーケードのときもそうだった。きみも見たとおりだ。電話をかけては伝言をよこすが、ほとんどの場合は迷惑行為だ。つい勢いで、ぼくは婚約していて結婚を控えていると言ったけれど、信じようとしない。それで、フィアンセを作れば向こうも思いとどまるかと……」

「わたしよりもっとふさわしい女性をほかにご存じないの?」

「ロンドンにはいくらでも友だちはいるけれど、きみだってよく考えれば、まさにきみこそ適役だと認めるはずだ――夜も週末も自由だし、ぼくたちは苦もなく町へ繰り出す約束ができる。きみがぼくのフラットへ来てもいいし、ぼくがきみのところに行ってもいい」

「何もかも、あなたに都合のいい話ばかりみたい」クレアラベルは冷ややかに言って、腹立たしげにため息をついた。彼の言いなりになれということじゃないの！　彼に合わせるために、わたしの私生活は無視されるのだ。「わたしはどうなるの？」

「一週間程度の話さ。夜、二、三回出かけよう。食事をして、ダンスか観劇――彼女やその友だちの目にとまりそうな場所でね。なるべく彼女の目につくように、夕方はきみを家まで送るよ」

満足そうに口をつぐんだ彼に、クレアラベルは食ってかかった。「全部あなたが考えたのね？」

彼は平然と答えた。「それはそうさ」

「ロマンス小説のいい筋書きになるでしょうね」

「だけど、ぼくは読んだことはないよ」

「何もかもばかげているわよ。そもそも、あなたがこんなことを考え出したのが不思議でならないわ」

彼は笑った。「じゃ、出発するか？　なぜいつまでたってもきみが来ないのか、ご家族が心配しているだろうからね」

二人は温かく迎えられたが、お茶に寄るようにとの母親の誘いにミスター・ファン・ボーゼルが応じたのは意外だった。冷えてきたので、一同は居間で暖炉を囲んだ。ふらりと立ち寄った人にとって、そこはあまり陽気な場面に映らなかったに違いない。話題は当たり障りのないことばかりでミセス・ブラウンが作ったサンドイッチとケーキはすぐになくなり、たとえクレアラベルがいつになくおとなしかったとしても、だれもそれを口にしなかった。やがてミスター・ファン・ボーゼルが帰ることになった。両親にいとまごいをする彼を見ながらクレアラベルは、彼がすぐに両親と打ちとけてしまったことを思っていた。「明日、六時ごろ迎えに来るよ、クレアラベル」彼は玄関で言い、そのときにお茶をどうぞというミセス・ブラウンの誘いを丁重に断った。

車のテールランプが消えていくのを見送りながら、ミセス・ブラウンは言った「本当にすてきな方ね。とても礼儀正しくていらっしゃるし」

娘はかっとなって母親を見た。「ママ、あの人は自分の思いどおりにしたいとなれば、まったく冷酷な人になれるんだから……」

「それは、毎日のように手術でちょっとした奇跡を起こすようなああいう賢い人は、たまには自分の好きにする資格があるんじゃないかしら」

「たまにじゃないの、ママ、いつもなのよ」

「あなたがあの方を気に入らないなんて、がっかりね」ミセス・ブラウンはつぶやいて、不機嫌な娘の顔をちらりと盗み見た。「例のセバスチャンのお友だちが、こっちに来ているのよ。この週末、あなたがうちにいるかってきいていたわ。彼に電話をかけたら?」

「彼?　マルコムなんとかっていう人?　あんな坊やなんていやよ!」

その答えは母親を大いに満足させた。

6

日曜日、ローヴァーと散歩をして快い満足感を味わい、礼拝に出席し、帰りに教会の戸口で友人たちとひとときを過ごし、家へ帰って昼食をすませるなどするうちに、時間は飛ぶように過ぎた。身のまわりの品々や母親手製のおいしいフルーツケーキをバッグに詰め、暖炉のそばでバターをたっぷり使ったマフィンを食べていると、ミスター・ファン・ボーゼルがやってきた。

彼は約束より早く着いたことを詫《わ》びると母親に勧められるままに父の隣の椅子にかけ、気さくにおしゃべりをしながらマフィンを頬張り始めた。

クレアラベルは、かなり冷え込む陽気を話題にした。「きっとあなたにとっては、せっかくの週末が台なしだったでしょうね」彼女は二杯目の紅茶をカップについだ。

「天気のほかにも、週末を台なしにするものはたくさんあるさ」ミスター・ファン・ボーゼルが言い返す。「まったく思いもよらないときにすべてがうまくいくことがあるのと同じだよ」

例の企てのことを言っているのだろうか、とクレアラベルがいぶかるように彼を見ると、平然とした目がこちらを見ていた。「お砂糖は一つ、二つ?」彼女があまりにつっけんどんなきき方をしたので、母親は驚いて娘を見た。

二人がようやく家を出たのは、六時をかなりまわってからだった。高速道路に入り、急速にロンドンに近づき始めたころ、ミスター・ファン・ボーゼルがきいた。「今夜は何か予定があるのかい? どこかで一緒に食事をしようと思っていたんだけど?」

「猫がいるわ」

「まずフラットへ帰ろうか? えさをやるなりなんなりして、それから出かければいいよ」

クレアラベルは二つ返事で賛成した。例の企てを話題にするべきかどうかを自問自答したが、触れないでおくことにした。いちおうそれにかかわることは断ったのだし、彼も強いて答えを求めなかったのだ。あの娘に煩わしい思いをさせられているのなら気の毒だが、きっと彼は自分で何か思いつくだろうし……。

フラットに着くと、クレアラベルは猫にえさをやり、化粧を直して髪をとかし、支度ができたことを告げた。「おしゃれをしなくてもいいんでしょう?」

「全然。きみはそのままでとてもきれいだ」

セバスチャンが言いそうなせりふだわ。彼女は車に乗り、ミスター・ファン・ボーゼルが隣の家の窓から物見高くのぞいている顔にまじめくさって会釈するのを見ても、笑いをこらえていた。

車はサボイに着いた。車を降りるときになって、クレアラベルは不愉快なことを思いついた。「アルマはここにも出入りするの?」

彼はドアマンにうなずいて車を任せると、彼女の腕を取ってつかつかと立派な入口のドアへ歩いた。「ああ。先に何か飲もうか?」

クレアラベルは声を抑え、怒ったように言った。「いいえ、すぐにフラットへ帰して」

完全に彼をまいらせるような目つきでにらみつけたつもりだが、彼は痛くもかゆくもなかったとみえる。「こういうことだったのね? こんなことはばかげていると言ったのに……」

「おかしなことを言うね。きっときみは思い直して、ぼくの力になってくれるものと信じていたんだ。きみは分別があり、くだらないロマンチシズムもない。つまりこれはきみにとって、取るに足りないささいなことなんだよ」

彼らはバーへ行きかけて足をとめ、クレアラベルはまじまじとミスター・ファン・ボーゼルを見た。彼女に対する彼の人物観は、控えめにいってもしゃくに障るものだった。

「あなたがお困りだからって、なぜわたしを利用させて差し上げなくちゃならないのか、まったくわからないわ」

ミスター・ファン・ボーゼルはいままで見せたことがないほど辛抱強く分別くさい顔をした。「きみはね、クレアラベル、ぼくの友だちの中でほとんど最高といえるほどすてきな女性で、いうまでもなくいちばんの美人だ。一度じっくりきみを見たら、アルマは自分に見込みがないと悟るだろう」

クレアラベルはほんのり頬を染めた。「そんなことをおっしゃらなくてもいいわ。だいいち、彼女はもうわたしに会ったことがあるじゃないの」

「だからこそ、きみは打ってつけなんだよ」彼はにっこりほほ笑んだ。チャーミングで優しい、人を安心させるような笑みだった。愚かにもクレアラベルは、もし自分が患者で、いまから腕なり脚なりを切断すると言われたら、彼を完璧《かんぺき》に信頼するが故にその恐ろしい宣告を受け入れるだろうと考えた。

「わかりました。でも、彼女があなたをあきらめたり、家へ帰ってしまったら、すぐにやめよ」

彼は眉を上げた。「もちろんさ」ポケットを探り、何やらクレアラベルの手に握らせる。小粒のダイヤが三個の大粒のダイヤを囲む指輪だった。クレアラベルが抗議しようと口を開きかけると、ミスター・ファン・ボーゼルは彼女の手を握った。「指輪をはめて……」

「本物じゃないんでしょう?」彼女はささやいた。

「もちろん本物だよ。祖母のものだったんだ。さあ、何か飲もうか?」

二人はバーへ行き、クレアラベルは見事な宝石にぽかんと見とれないよう気を引き締めて、上等なシェリーに口をつけた。やがてグリルへ移ったとき、彼女はそわそわと落ち着かなかった。グリルの真ん中の人目を引くテーブルだったからだ。

「これでいい」ミスター・ファン・ボーゼルはつぶやいた。「手をテーブルに置いて、指輪を見せびらかすんだ。アルマと仲間がすぐそばにいる」

彼が食事を注文し、ウエイターにシャンペンを持ってくるように頼んでいるところへ、アルマがやってきた。クレアラベルは彼の希望を頭に置き、指輪がよく見えるように手をテーブルクロスの上に載せ、親しみと驚きの表情を取りつくろって、彼が椅子を立つのを見守った。

アルマはだれよりも先に口を開いた。「どこへ行ってたの？　ずっと会えないなんて。あなただって……」彼女はクレアラベルの手で輝くダイヤモンドに気づいて口をつぐんだ。クレアラベルはにっこりほほ笑んでにらみ返した。「こんにちは。わたしを覚えている？　あなたが事故にあったとき――マルクがバースへお送りする前に、うちへお連れしたわね」彼女はうっとりするような目でミスター・ファン・ボーゼルを見た。「あのときのこと、二人でよく話すわね、ダーリン？」

「あなたたち、婚約してるの？」アルマは二人を見た。「それじゃ、本当なのね。わたしは本気にしなかったけれど、本当なんだわ」じっと指輪を見る。「でも、そんなこと問題じゃない。いまどき婚約なんてたいした意味はないもの」彼女は首をかしげてミスター・ファン・ボーゼルに笑いかけた。

彼は軽くほほ笑み返した。「われわれの場合は意味がある。これで失礼させてもらえるなら、ぼくたちはいろいろと話し合わなくちゃならないことがあるんだ――式の計画だのその他もろもろのことがね」彼は、アルマが立ってきたテーブルの方を見た。「お友だちが帰ろうとしているようだよ」

アルマはひと言も言わずにその場を離れ、やがて二人を振り返りもしないで仲間と立ち去った。心なしか震える手でパンにキャビアを載せながら、クレアラベルは思わずほっとため息をついた。

「女性には」ミスター・ファン・ボーゼルが言った。「いつも驚かされるよ。ほんのしばらくの間、本当にきみと婚約しているような気がしたね」彼はほくそ笑むような表情を浮かべた。「これからも、しょっちゅうダーリンと呼ばれたいな。自尊心をくすぐられるよ」

クレアラベルは、パンを喉に詰まらせた。「あなたの自尊心には、いっさいつっかい棒は必要ないわ。あなたはミスター・ファン・ボーゼル、そしてわたしにとっては、これからもずっとミスター・ファン・ボーゼルのままよ」

「マルクだろう？　またあの不良娘に会わなくちゃならないんだ。いまにうっかり口を滑らすよ」

「さっきのひと幕で、あなたは無罪放免に決まっているわ。早々と彼女に出会えて、運がいいこと。これですべてご破算にできるわ」

「そうはいかないさ。あの娘《こ》は精神的にアンバランスだ。甘やかされてわがままなうえに、自制心もない。ぼくたちが熱烈な婚約者だと納得させるのに、一度会ったくらいではすまないだろう」

「そうかしら？　あなたはオランダへお帰りにならないの？」

「きみは率直でいいね、クレアラベル。ここしばらくは帰らない。ミスター・シャターと協力して、緊急手術の必要がある子供を預かっているんだ。来週にはその女の子の治療にかかりたいと考えている。だから、その間ぼくたちはいくらでも相思相愛の仲を見せつけられるというわけだ」

「何曜日に？　わたしだって予定がありますわ」

「ちょっといまは言えないな。明日は夜遅くまで病院に残ることになるだろうから、帰りにきみのうちへ寄って、火曜が空くかどうか知らせよう。だから、もし明日デートの約束があるなら、行きたまえ。ただし、アルマの目にとまりそうな場所はだめだよ」

　クレアラベルは気を悪くしてつっけんどんに言った。「彼女の居場所なんて、わかるはずがないでしょう？　いずれにしても、月曜の夜は出かけません。髪を洗いますから」

「計画を練りながら、ぼくが乾かしてあげるよ」あっけにとられている彼女の顔を見て言う。「メドウ・ロード流の基準に照らせば、まったく問題ないさ。なんてったって、ぼくたちは婚約しているんだ」彼は急に、例のはぐらかすような笑みを浮かべた。「さあ、仲直りして楽しくやらないか？」

月曜の夜十時ごろ、クレアラベルが洗った髪を居間で乾かしていると、耳慣れたノックの音がした。チェーンをかけたままドアの鍵《かぎ》を外すと、ミスター・ファン・ボーゼルが立っていた。

「いい子だね。開けてくれ」

彼女はわきによけて彼を通し、あとから居間へ行った。「もうこんな時間よ」

「それほどでもないさ、隣近所のだれもぼくをのぞいていなかったよ」彼は立ったままクレアラベルを見た。まだ生乾きの豊かな金髪が背中に垂れている。「ここへ来て、スツールにかけて。乾かしてあげよう」

タオルを受け取って肘かけ椅子に座り、力強く髪をこする彼の前に座りながら、クレアラベルは少しもそれが不自然なことに思えなかった。

「今日はお忙しかったの？」彼女はもつれた髪越しにたずねた。

「それはそれは大忙しさ。でも、うまくいったよ。見込みどおりにいけば、あの子の脚を十五センチは長くできるだろう」彼はクレアラベルの髪を持ち上げて言った。「髪が多いんだね、クレアラベル」

「切ろうかどうか迷っているの」

「とんでもない、だめだよ。その子は、たぶん理学療法科へまわされることになるだろうな。今日は忙しかったかい？」

「あなたほどじゃないわ。これから病院へ戻られるの？」

「ああ。でも予定どおりに事が運べば、明日の晩はきみと出かけるつもりだ。また指輪をするのを忘れないでくれよ」

クレアラベルは目の上の髪をかき上げ、タオルを受け取った。「ありがとう。これなら、もう結っても大丈夫だわ。お帰りになる前に、コーヒーはいかが？」

「まだ来たばかりじゃないか。でも、いただくよ」

気のおけない沈黙の中でクレアラベルがいれたコーヒーを飲み終えると、やがてミスター・ファン・ボーゼルは腰を上げた。「じゃ、また明日。ええと……そう、きみはぼくのうちで食事をしてから出かけることにしたほうがいいな。ちょっとドレッシーな格好でね。キャンセルの電話をしないかぎり、七時に迎えに来るよ」

クレアラベルは彼を玄関まで送って挨拶《あいさつ》をし、キスの不意打ちにあった。

翌朝ミス・フルートが、ミスター・ファン・ボーゼルとミスター・シャターが手術をした少女の治療に当たるようにと言った。「まだ集中治療室にいるの。初めの二、三日は十分間隔で呼吸訓練、ＴＤＳよ。充分回復したら、クリスピン病棟へ移されることになっているわ。十時に行ってちょうだい」

集中治療室は、病院の最上階にある。その子供はきゃしゃな体つきで顔色が青白く、黒い瞳をおびえたように大きく見開いている。クレアラベルはベッドのわきにひざまずいた。

「こんにちは、お嬢ちゃん。また元気になれるように、お手伝いをしに来たのよ。これから、息を吸ったり吐いたりするおけいこを始めるの。きっと上手にできるわよね」

治療を終えて階段を半ばまで下りたところで、ミスター・ファン・ボーゼルに会った。

「やあ、おはよう、ミス・ブラウン。リタのところへ行ってたのかい？」

「おはようございます、ミスター・ファン・ボーゼル」いかにも職業的で無愛想な彼女の挨拶に、彼は心もち口元をゆがめた。「リタはとても元気ですが、不安がっています。問題ないと確信できるまで、あと二日は呼吸訓練に専念する必要がありますわ」

ミスター・ファン・ボーゼルはうなずいた。「けっこう、けっこう。有能なきみの判断に任せるよ」

彼はこっくりうなずいて階段を上っていき、クレアラベルはなぜか理由はわからないのだが、なんとなく不愉快な気持がした。

忙しい一日を終えてフラットに帰ると、彼女はデートに着ていく服を選んだ。瞳の色と同じグリーンのクレープのロングドレスはあっさりしたデザインが上品で、しかも気取っていない。ミスター・ファン・ボーゼルの今夜の予定にふさわしいといいのだけれど……

何かドレッシーなものを着るように言われたのだから。クレアラベルはいちばん上等のハイヒールをはくと、クロゼットの奥から、ずっと昔、母が人に贈られ、こういうものは背が高くて堂々とした体の持ち主しか着映えがしないからとまさにそのとおりのことを言ってクレアラベルに譲った、モヘアの肩かけを引っ張り出した。クレアラベルは大喜びでそれをもらい、自分のようにグラマーな体にかけるものだと言って母親を憤慨させたのだった。

「あなたはグラマーじゃないわ」母親は言った。「一生そうはならないでしょうね。働きすぎなのよ」

「結婚するかもしれないでしょう」彼女は軽口をたたいた。「そうしたら一生なまけ者で暮らすわ」

母親はけしからんというように鼻を鳴らした。「もし結婚したら、だんなさまも子供も、あなたをなまけさせてなんかくれませんよ」

いつものことながら、ミスター・ファン・ボーゼルは時間に正確だった。彼が家に帰ってから出直したことは、洗練された身なりを一見してわかった。ディナージャケットを着た彼はいつにも増してハンサムで、いまいましいアルマが彼の魅力に圧倒されるのも不思議ではなかった。

「いらっしゃい、それとも、こんばんは、ミスター・ファン・ボーゼルと申し上げるべきかしら？」

　彼はクレアラベルの目の前に立った。「ひと言多いよ。何事にも、時と場所がある。チャーミングだよ、きみ」身をかがめてキスをし、彼は続けた。「ぼくの言いたいことがわかるかな？」彼は肩かけをつまんだ。「せっかくの魅力を隠す必要があるのかい？」

「夜は冷えますもの」クレアラベルは急に恥ずかしくなって、肩かけを巻きつけた。

「ジェローム病院に寄っていくよ」表に出て車のところへ歩きながら彼は言った。「リタのことを確認しておきたいんだ」

　クレアラベルは車の中で彼を待ちながら、医師と結婚したら、控えめにいっても、突発的なハプニングの多い生活になるだろう、などととりとめもなく考えていた。遅い夕食、食事抜きの日、ろくに眠れない夜、重症患者、そしてミスター・ファン・ボーゼルのように優秀な外科医は、出張も頻繁にあるに違いない。

　彼が戻ってくると、クレアラベルはたずねた。「すべて順調でした？」

「まだ日が浅いけれど、順調にいくことを願っているよ。あと二日もすれば、われわれもはっきりしたことが言えるだろう」

「いままでにも、今回みたいな特別のケースの手術をなさったことがおありなの？」

　車はウエストミンスター橋に差しかかったところで、頭上の照明が彼の険しい横顔を照らし出している。

「五、六回かな」

「どれも成功でしたの？」

「いままでのところはね」

クレアラベルは心配そうに言った。「あなたといると気後れしてしまうわ。だって、すごく有能で、めったに人ができないことをなさるんですもの」

彼は笑った。「もしきみのドレスをデザインして作ってみろと言われたら、ぼくはお手上げだよ。おそらく、試しにメスを握ってみるか、という人もいないだろうけれど、ぼくはとうてい仕立てばさみに挑む気はないな。ほら、十人十色っていうだろう？」

車はホワイトホールを通ってトラファルガー広場へ向かい、さらにポールモールを進んだ。彼は一方通行の道を抜けてウイグモア通りに入るとすぐに横道に折れ、しゃれたポーチがあり手入れの行き届いた鉢が窓辺に並ぶ、閑静な住宅街の一画に車をとめた。

「すてきなところね」車を降りながら周囲を見まわして、クレアラベルは言った。

ミスター・ファン・ボーゼルが彼女の腕を取った。「ロンドンだって捨てたものじゃないさ」

石段を三つ上がると入口があり、彼は鍵を出した。

「さあ、いいよ」彼はドアを開け、かなり広いホールへクレアラベルを通した。そこには守衛がいて、彼は二人に挨拶をするとエレベーターのところへ行って扉を開けた。ミスター・ファン・ボーゼルは大きな手を振った。「階段で行くからいいよ、ジョージ――健康のためにね」

二人はゆっくり階段を上った。絨毯《じゅうたん》を敷き詰めた踊り場に並ぶドアの一つを彼が開けた。中に入ると、四角い玄関ホールにはあちこちに通じるドアがたくさんある。

ミスター・ファン・ボーゼルはクレアラベルの肩かけを取り、イギリス風の肘かけ椅子に投げながら声をかけた。「ティリー、こっちへ来てくれ。ミス・ブラウンを紹介するから」

ティリーは白髪にブルーの瞳の、小柄でぽっちゃりとしてきびきびした女性だった。彼女はまだミスター・ファン・ボーゼルがしゃべり終わらないうちに玄関ホールに飛んできて、クレアラベルの前に立った。

「クレアラベル、こちらはティリー。うちの家事を引き受けてもらっている人で、昔からの友だちだ。料理の腕は最高、掃除のおばさんを厳しく監督するし、ばっちりぼくを管理しているんだ」

「はじめまして」クレアラベルが手を差し出すと、ティリーはにっこりしてミスター・ファン・ボーゼルの顔を見やり、握手をした。

「この人の言ったこと、信じちゃいけませんよ。あなたって本当にすてきな方ね。それに、きれいな髪だこと。呼んでもいないのに顔を出す、あのどうしようもない娘なんて問題にならないわ」

ミスター・ファン・ボーゼルは一つのドアを開け、わきによけてクレアラベルを奥の部屋へ通した。天井が高く、片隅に張り出し窓のある美しい部屋だった。壁は鏡板張り、座り心地のよさそうな肘かけ椅子と、暖炉の両側には大きなソファがある。いくつかの小さなU字形のワインテーブル、中にはランプがともったものもあって部屋のあちこちに気ままに置かれ、壁の一面には、ガラス張りの大きな本棚がある。花も、美しい陶器も飾ってある。窓にかかった錦織《にしき》のカーテンをほれぼれと眺めながら、すばらしい部屋だわ、とクレアラベルは思った。

「さあ、座って」ミスター・ファン・ボーゼルが言った。「ティリーが食卓の用意をするまで、何か飲んでいよう」

クレアラベルはまだ驚いていた。これほどすてきな家だとは思ってもいなかったし、ティリーにも、彼女の率直なロンドン下町風のマナーにも圧倒された。

彼はグラスを渡しながら、考え深げに言った。「驚いているね……」そのとき、彼の肘のわきにあった電話が鳴った。彼は受話器を取ると一瞬黙って耳を澄まし、クレアラベルに手招きをして受話器を渡した。何事だろうと彼女は無言のまま受話器を受け取った。アルマだった。

「あなた、だれよ？」アルマがきいた。

「クレアラベル・ブラウンですわ」彼女はできるだけ愛想よく答えた。「なんのご用でしょう？」

「マルクと話したいの」

「あいにく、いまシャワーを浴びているの。何かお言づけしましょうか？」

「あなたがそこにいるってことぐらい、思いつくべきだったわ」とげとげしい声がクレアラベルの耳に飛び込んだ。「本当に彼と結婚するの？」

「そうよ。いま、今夜のデートの相談をしていたの」

「ずいぶん急な話じゃないの」アルマはいぶかるように言った。

「ひと目ぼれってあるでしょう。悪いけど、失礼するわ」彼女はいたずらっぽい口調で最後を決めた。「いま、服を着てる最中なのよ！」

受話器を置いてミスター・ファン・ボーゼルの方を見ると、彼はもの思いにふけった顔つきでこちらを見つめていた。「わが耳を疑ったよ！　もしきみのことをよく知らなかったら、いまのひと言ひと言そっくり信じただろうな」

クレアラベルは恥ずかしくなって顔を赤らめた。「だって、とっさに何か言うしかなかったんですもの」

「じっくり考える時間がある場合、きみがどんなふうに言うのか聞きたいものだ……」

クレアラベルはシェリーをぐっと飲んだ。「あなたって本当にひどい人ね。わたしが電話に出なくちゃならない理由はまったくなかったのに」

「ごめんよ、クレアラベル。でも、効果はあったと思わなくちゃね」彼がにっこりほほ笑んだので、クレアラベルも思わず笑い返した。

ティリーが作ったおいしい食事をすませてコーヒーを飲んでしまうと、二人はこれからどこへ行こうかと相談した。

「深く愛し合う婚約したてのカップルは、どこへ行くと思う?」ミスター・ファン・ボーゼルがきいた。

彼女は考えた。「どこか踊れるところね」

「ロンドン・ヒルトンにしよう」彼はポケットを探って指輪を出した。「これをつけて、いい子だから」それから大声で言う。「ティリー、ミス・ブラウンを化粧室へ案内してくれ」

クレアラベルは楽しくなってきた。マルクがこれほど愉快な人だとは思わなかったわ。そう考えると、いままでに彼を嫌ったり、冷たい気取った人だと思ったことが不思議なくらいだ。でも、わたしがフィアンセ役を演じ終え、アルマときっぱり縁が切れたら、彼はまた元の態度に戻ってしまうわ、きっと。設備の行き届いた化粧室で化粧を直しながら彼女は考えた。

ヒルトンは込んでいたが、彼らはいい席に案内された。ミスター・ファン・ボーゼルはシャンペンを注文したが、二人はグラスに口をつけるより先にダンスフロアへ出た。夢中で踊っていると、クレアラベルの頭の上で彼が言った。「ついてるぞ。アルマが来ているんだ、五、六人であそこのテーブルに。ぼくがつついたら、うっとりした目つきで見上げてくれないか？」

ぷっと吹き出したときにわき腹をつつかれ、彼女はミスター・ファン・ボーゼルを見上げた。そして、彼の表情に驚いた。優しく、愛情に満ち、どこかわくわくさせられるようなものがある。彼女がそう思ったとたん、その表情は消えていた。

やがて席に戻ると、彼は言った。「明日のことだけど、《スターライト・エキスプレス》の券を手に入れたんだ。コノートで先に食事をしてから観《み》に行こう。金曜日は郊外へ行く。木曜の晩はジェローム病院に詰めるから、きみのうちへ寄ることにしよう。土曜日はリッツにテーブルを予約しておく。あそこでも踊れるから」

「そうすると、わたしはいつ髪を洗ったらいいのかしら？」クレアラベルはいささか声をとがらせた。「それに、わたしの自由時間は？」

「日曜は十時に迎えに行って、きみをティスバリーへ送り届ける」

「もし行きたくないと言ったら？」

「ばかなことを言うんじゃない。お父さんのすてきな庭に座って、一週間をしみじみ考えればいい。帰りは七時に迎えに行くよ」

「あなたが計画を立てても、相手がいやだと言ったらどうなるの?」

彼は平然と答えた。「結局はそうすることになるし、万が一相手がきかなければ、説得するさ」

クレアラベルはゆっくり言った。「ほら、初めてあなたにお会いしたときだって……」

「きみはぼくが気に入らなかった!」彼はクレアラベルの代わりに言葉を継いだ。「いまだに気持がはっきりしないんだろう?」皮肉っぽくほほ笑む。「もう一度踊ろうか?」

翌朝クレアラベルはリタの治療をするために集中治療室へ行ったので、当然ミスター・ファン・ボーゼルと顔を合わせたが、彼らはていねいに朝の挨拶を交わしただけで話をせず、お昼と午後に彼女が集中治療室へ戻ったとき、彼は手術中だった。彼の伝言を伝えてくれたのは、ミス・フルートだった。

「六時四十五分までに支度をするように、ですって」ミス・フルートは何かききたそうにしているのに何もたずねない。

そこでクレアラベルは言った。「なんでもありませんわ、ミス・フルート。ちょっとした問題があって、あの方のお手伝いをしているんです」

ミス・フルートはにっこりとほほ笑みかけるクレアラベルの愛らしい顔を見た。彼女は、仕事熱心でぐちをこぼさないクレアラベルがお気に入りで、ミスター・ファン・ボーゼルへのひそかな思いを大切に見守っていた。彼女は、自分が二人のロマンスにささやかながらひと役買えたのならよいのだがと思っていたが、二人ともそれをにおわせるようなことはこれっぽっちも言わなかった。

幸いその日は理学療法科の仕事が定刻に終わったので、クレアラベルはちょうどいい時刻にフラットへ帰り、十分かけて着ていく服を決めた。濃紺のデシンのショートドレスはヨークの切り替えにプリーツがとってあり、長い袖《そで》は腕にぴったりで、アクセントのベルトが細いウエストを強調している。

その晩もとても楽しかった。コノートへ行くのは初めてだったクレアラベルは最高に優雅な雰囲気を楽しみ、ミスター・ファン・ボーゼルも愉快な同伴者ぶりを発揮した。そして何よりも《スターライト・エキスプレス》は期待した以上にすばらしかった。夢のようなひとときが終わってしまうと、クレアラベルはベッドに入ってふと考えた。彼は明日の晩、うちで夕食を食べたいのかしら？　遅くなる——七時を過ぎると彼は言った。サンドイッチにしようか、いえ、もし時間の余裕があればソーセージロールを作ってもいい。それとも、何か温かい料理でも？　彼女はあれこれ考えながら眠りについた。

翌日、彼らは一度も顔を合わせなかった。ミスター・ファン・ボーゼルは手術室に長時間こもりきりで、クレアラベルがリタの訓練に行ったときも、彼の姿はなかった。

フラットに帰ると、彼女はお茶を飲んでからイーノックとトゥーツの世話をすませ、ソーセージロールをひと山分作り、それから少し考えて、今度はアップルパイをひと皿作った。

七時には、皿もコーヒーカップもフルーツもアップルパイも並べて食卓の支度が整った。ソーセージロールはオーブンで温めてある。八時になると、クレアラベルはそわそわし始め、おなかもすいてきた。そこでソーセージロールを一つ食べ、腰を下ろして本を読みかけたが、本当に彼は来るのだろうかと考えて読むのをやめた。やがて時計が九時を打った。きっと彼は来ないのだろう。仕方がない——一人で夕食をすませたら、玄関の鍵をかけて寝支度をすることにしよう。

そう決めていざ台所へ行きかけたとき、いつものように玄関のドアを激しくたたく音がした。クレアラベルは慎重にチェーンをかけたまま彼を迎え、チェーンを外すのに手間取った。彼の顔を見て、クレアラベルは申し訳ないことをしたと思った。ミスター・ファン・ボーゼルは疲れきっているにもかかわらず、例によって一分のすきもないので、なぜかよけい疲労を感じさせる。この人は、サハラ砂漠の真ん中にいてもひげをそるようなタイプだわ、とクレアラベルは思った。

「遅くなった」そっけなく言うミスター・ファン・ボーゼルに、クレアラベルはとりなすように静かに答えた。

「先にコーヒーを召し上がる?」彼女は肘かけ椅子をガスストーブのそばに引き寄せた。カップを渡し、彼の向かい側に腰を下ろす。彼がコーヒーをほとんど飲み終えるのを待ってクレアラベルはたずねた。「何かよくないことでも？　まさか、リタじゃないでしょうね？」

「あの子は元気だ。よくないことなんて何もないさ。ただ、患者がなかなか切れなくて……」

「骨盤を折ったあの女の子はいかが？」

ミスター・ファン・ボーゼルはその患者の話をし、クレアラベルはじっと聞き入った。やがて彼が言った。「きみは人の話を聞くのが上手だね」

「おもしろいんですもの。最後に食事をなさったのはいつ？」

「お昼ごろ、サンドイッチを食べたよ」

クレアラベルはソーセージロールを出し、コーヒーのお代わりをいれてアップルパイも勧めた。ようやく彼が食べ終わると、彼女は言った。「さあ、うちへ帰っておやすみにならなくちゃね。明日も患者さんの予約が入っているんでしょう？」

「ないよ。回診と、午後二時から外来を診るけれどね」彼は小さくほほ笑んだ。「きみの言い方は、まるでばあやみたいだな。明日の晩は、どこか静かなところへ行こうか？　まる一日ミスター・シャターと交替になるから、六時には空く。病院から真っすぐここへ来るから、一緒にぼくのフラットへ行けばいい。それから出かけよう」

クレアラベルは喜んで承知した。食事も飲み物も彼の役に立って、本当によかった。彼はかなり元気を取り戻したように見える。

ミスター・ファン・ボーゼルは椅子を立ち、ぐっと背伸びをした。「ありがとう、クレアラベル。いい子だね」彼は身をかがめて彼女の頬にそっとキスをした。「おやすみ」

彼が帰ってしまうと、クレアラベルは食器を片づけてからもう一つソーセージロールを食べ、猫たちを足元に置いてようやくベッドに入った。ふだんはご法度にしているのだが、なぜかその夜は猫と一緒にいたかった。

翌日はリタのところへ行ったほかは、ずっと理学療法科で過ごした。ミセス・グリーンは午後から外来へ行ってしまい、クレアラベルは帰宅時間になるまで忙しかった。家へ帰ると猫の世話をし、翌朝の支度をすべてすませ、シャワーを浴び、スカートにあっさりした絹のブラウスを着た。それからていねいに化粧をして金髪をとかしつけ、きちんとして椅子にかけて待った。

待っていたのはごくわずかの間で、彼女が車に乗ったのは六時そこそこだった。道路は渋滞していて、ミスター・ファン・ボーゼルのフラットまで行くのにいつもより時間がかかった。彼が玄関前に車を寄せたとき、クレアラベルは鋭い声をあげた。「アルマよ――石段を下りてくるわ」

彼はポケットの中を探ってクレアラベルに指輪を渡すと、車を降りて助手席側へまわり、降りようとする彼女の腕を取った。

「いいかい、きみはぼくに首ったけなんだよ」道路を横切りながら、ミスター・ファン・ボーゼルは低い声で言った。

アルマは突っ立って、二人の様子を見ていた。ミスター・ファン・ボーゼルは少しも悪びれずに挨拶をし、続いてクレアラベルも声をかけた。

「こんにちは、アルマ。わたしたちにご用?」

アルマは何も言わずにとめてあったMGのスポーツカーへ駆け寄り、そのまま車を走らせて行ってしまった。

クレアラベルはティリーの温かい歓迎を受け、すぐに支度をすませたミスター・ファン・ボーゼルとふたたび車に乗った。彼はロンドン市街を抜け、しっとりと美しく、一望のもとに川を見渡せるブレイのウォーターサイドに彼女を連れていった。初夏にしては肌寒い夕べだったが、田園を眺めながら飲み物を飲むのはことのほか楽しかった。それから二人は食事をした。魚のパテ、野菜を詰めた鴨《かも》、最後はクレアラベルがレモンタルト、ミスター・ファン・ボーゼルはチーズボードで締めくくった。ゆっくりコーヒーを味わいながら、彼女はこみ上げる幸福感に酔いしれた。そろそろ帰ろうと促されると、クレアラベルはしぶしぶ席を立った。

「明日はめいっぱい予約が詰まっていてね」彼は言った。「帰る前にできるだけこなしてしまいたいんだよ」

「帰るって？」クレアラベルはどきりとした。「オランダへお帰りになるの？」

「まあ、そういうことだ。きみも知ってるように、ぼくはときどきここへ来るだけだから……」

それはわかっている。いくつかの特別な技術を得意とする彼は、母国以外の国々でも要求される人材だ。それでも、クレアラベルはたずねた。「国へ帰っておしまいになれば、アルマのことで煩わしい思いをしなくてすむというわけね」

いま二人はふたたび車に乗り、高速道路を一路ロンドンに向かって走っていた。

「それはどうかな。彼女は甘やかされ退屈して、自分の気が向いたものを追いかけるほかに何もすることがないんだ。その気になれば、行き先がどこであろうと、ぼくを追いかけることもありうる。ぼくのうぬぼれみたいに思われては困るけどね。彼女がほかの男に恋をして、そいつに夢中になることを願っているよ」彼は横目でクレアラベルを見た。「クレアラベル、ぼくがオランダへ帰るとき、ぜひ一緒に来てほしいんだ」

彼女はぽかんと口を開けて彼を見た。「わたしが？　あなたと？　いったいなんのために？」

「それで決着がつくとぼくは考えている。きみは祖母のところに泊まればいいよ」

「わたしはおばあさまを存じ上げません」彼女はひどく腹を立てて言った。「お断りします。ですから二度とこの話はなさらないで」

「きみはそう出ると思ってたよ。でも、この案を煮詰めてみないかい?」

「考えられないわ。わたしには休暇がないし、それにイーノックとトゥーツはどうなるの?」

7

その晩クレアラベルは、ミスター・ファン・ボーゼルの奇妙な依頼に頭を悩まして過ごした。いや、正式に依頼されたわけではなく、どちらかというと彼は当然のことのような言い方をした。またもや彼の行きすぎだ。彼が思いつくことは、どれも身勝手なことばかり。それにもし彼のおばあさまが彼に劣らぬ傲慢《ごうまん》な人なら、せっかく訪ねていってもみじめな思いをするだけだ。クレアラベルは、二人にはさまれた自分を思い浮かべた。傲慢そうな二つの鼻、四つの黒い瞳が穴のあくほどじっとこちらを見つめ、彼らに都合がいいようにスケジュールが決められる……しかもどう考えても彼のおばあさまは英語を話しそうにない。クレアラベルは、そのばかげた案を煮詰める気はさらさらなかった。

土曜日、彼女は買い物や狭いわが家の掃除をして過ごし、ミスター・ファン・ボーゼルがやってきたら一席ぶつつもりで、冷静かつ論理的な演説の草案を練った。それなのに、やってきた彼がその機会をまったく与えなかったのはひどく残念だった。クレアラベルをさらうようにしてリッツへ食事に連れていき、深夜まで踊る間、彼は平凡な話題に終始した。ほてった体を冷まそうとクレアラベルが小休止したあと、彼は何か気に入らないことでもあるのか、とクレアラベルにたずねた。「もしそうでも、いますぐふくれ面をやめるんだ。アルマが来たんだよ」

ミスター・ファン・ボーゼルのためにひと役買う約束をしたからには、そうしなければ。彼女はすぐに、うっとりしたような目で彼を見た。

アルマは二人のテーブルの横を通りかかって足をとめ、ぶすっとして言った。「また一緒なの？　じゃ、もう同居してるの？」

クレアラベルはほんのり頬を染めた。「あら、こんにちは、アルマ」彼女がやたらに甘ったるい声を出すので、ミスター・ファン・ボーゼルはかすかに口元をゆがめた。「実は、まだなのよ。そうしたいところだけれど、わたしは病院に勤めているでしょう。毎日行き来するには遠すぎるわ。でも、それほど遠い先のことじゃないと思うの……」

ミスター・ファン・ボーゼルがすかさず口をはさんだ。「ぼくはじきに国へ帰るから、むろんクレアラベルも一緒に行くことになる」クレアラベルがテーブルの下で彼のむこうずねを思いきり蹴飛《けと》ばしても、澄ました表情は変わらなかった。それでも彼女はアルマの手前、ほほ笑んでいた。

「オランダへ帰るの？」アルマはきいた。

ミスター・ファン・ボーゼルは、品よく驚いてみせた。「決まってるさ。自分の国だからね」

「オランダのどの辺?」

「あなたはいつまでロンドンにいるの?」クレアラベルはにこやかにきいた。

「あなたが言いたいのは」アルマは無作法な口調になった。「わたしがあなたからマルクを取ろうとしても無駄だってことでしょう」

「そんなところよ」クレアラベルはグリーンの瞳をじっと彼に注いだ。「ダーリン、何か頼まない? おなかがぺこぺこなの」

アルマが行ってしまうと、ミスター・ファン・ボーゼルはクレアラベルの手を取って言った。「きみは、忙しい病院の優秀な受付係になれるね。いまの仕事をやめて、ぼくのところで働かないか?」

「何をおっしゃるの! どうすれば受付係になれるのか、ちっともわからないわ」

「生まれつき授かった資質だよ。かわいい声に天使みたいなほほ笑みを浮かべながら、大ぼらを吹くことができるんだから。給料はたっぷり払うよ」彼は、ロブスター、鮭《さけ》と帆立貝のラグーを注文した。「シャンペンはどう? とにかく、乾杯しなくちゃ」

「何に乾杯するの?」

「将来にだよ」彼は澄まして答えた。

翌日の午前中、ティスバリーへ車を走らせながら、ミスター・ファン・ボーゼルはきいた。

「きみはまだ、ぼくと一緒にオランダへ行くのをどうしても断るつもり?」

「ええ、そうよ。おいそれと仕事を休むわけにはいきませんからね」

「だったら、明日きみが休暇を取ると宣言したら、ぼくが応援してあげるよ」

クレアラベルは、彼に向き直ってきっぱり言った。「今度こそ、あなたの思いどおりにはいきませんからね。わたしはお役に立つと約束して、その努力をしてきましたけれど、もうたくさんだわ」

彼は穏やかに言った。「きみは休暇を取ればいいんだよ。優しいミス・フルートは、なんとか都合をつけて行かせてくれるよ――親類の用事だとかなんとかということにしてね」

彼女は食いさがった。「そんなことをしても無駄よ。仕事は大切だし、わたしは働かなくちゃなりませんから」

ミスター・ファン・ボーゼルはクレアラベルの実家に寄ってコーヒーを飲み、例の提案には触れずに十分ほど彼女の両親と雑談をした。それから、七時までに支度をしておくようにとクレアラベルに言い残し、妹の家へと車を走らせた。彼女はやるせない、みじめな気持になったが、何に対してそんな気持がするのかわからなかった。

その日セバスチャンが帰宅したのは、もっけの幸いだった。二人は仲のいい姉弟で、クレアラベルは彼に心を打ち明けようかと思った。

しかし、彼女はそうしなかった。久し振りに顔を合わせる喜びに、二人は突拍子もない話を交換したり、冷やかし合ったり、親しく意見をぶつけ合ったのだが、なぜかミスター・ファン・ボーゼルは話題にならなかった。午後のお茶のときになって、彼女はようやく、病院のある人の車に便乗させてもらったことを話した。

「だれ？」セバスチャンはきいた。「青二才の医学生かい？」

「何年か前まではそうだったんでしょうけれど、彼をそういう目で見ることはとてもできないわ。顧問医師の一人でね、ジェローム病院とオランダのどこかの病院の両方を兼任しているの」

セバスチャンはさっと背筋を伸ばして座り直した。「ひょっとして、ファン・ボーゼルっていう人じゃない？」

「そうよ。どうして知ってるの？」

「だって、姉さんったら、ものすごく有能な、整形外科学界では五指に入るって人を引っかけたんだよ。その彼がうちへ来るの？」

「そうよ。どうしてそんなに大騒ぎするの？　彼は愛想が悪いし、いつだって自分勝手なんだから」

「人はだれでもそうじゃないかな？　それに、彼は本当の意味で仕事の鬼なんだ」

「ダンスだって上手よ」彼女は澄まして言った。

これらすべてのやり取りを、母親は大いに満足して聞いていた。

ミスター・ファン・ボーゼルは時間どおりにやってきた。ミセス・ブラウンからコーヒーカップを受け取り、ミスター・ブラウン、セバスチャンと握手を交わすと、ひょいとクレアラベルにうなずいた。そのしぐさには少しも恋人に対するようなものがなかったし、クレアラベルも彼と顔を合わせるのがうれしいというようなそぶりは見せない。ミセス・ブラウンはひどく困惑したが、それでも、二人が発《た》ってしまうとうきうきした気持になった。彼女が夕食の支度をする間、台所のテーブルについていたセバスチャンがぽつりと言ったからだ。「ついに、オールドミスのクレアも陥落したか」

ミセス・ブラウンは卵をとく手をとめて息子を見た。「それ、どういうこと?」

「だって母さん、あの二人が愛し合っていることは、火を見るより明らかじゃないか」

「まあ、本当にそう思う? だってあの方はあの娘《こ》を乗せてきてくださってもほとんどあの娘に口をきかないし、クレアラベルときたら、まるでそっけないんだから」

「姉さんは自分でまだそのことに気がついていないし、彼は賢いから、小細工はしないのさ」セバスチャンはテーブルの上のパンをひと切れ切り取った。「ぼくが言うことをよく聞いておくんだよ、母さん、ロマンスがぼくたちの手にかかっているんだ」

ロンドンへ帰る車中、ミスター・ファン・ボーゼルの態度には少しもロマンチックなところはなかった。彼は断続的にとりとめのない話をし、クレアラベルはほとんどしゃべらなかった。また何か言われるかと待ったのだが、例の話は出なかった。クレアラベルと猫がフラットへ入るのを見届けると、彼はコーヒーの誘いを愛想よくさらりと断り、車で走り去ってしまった。今度いつ会うとも言わずに――これで願いどおりじゃないの、と彼女は自分に言い聞かせた。いつでもひょっこり現れてコーヒーを要求されることに、ほとほと飽きてしまった――それが煩わしくなかったなんて嘘《うそ》よ。彼に好意を持っているとは思いたくない。

「二度とあの人に会いませんように」彼女は猫たちに言った。運命が彼女の恋に手を差し伸べようとしていることも知らずに。

翌日の午前中、理学療法科はふだんより忙しかったうえ、回診によって治療するべき患者が何人か増えた。しかし、例のリタの訓練に行った以外、クレアラベルは理学療法科で過ごした。

午後はミセス・スノウの治療に当たった。彼女が隣の娘の武勇伝や日ごろの振る舞いの話に夢中になっていたとき、クレアラベルは視界の外れで何かが動くのを感じた。同僚のパットとテディはずっと向こうの戸口から出ていき、患者に手を貸して救急車に乗せようとしていた。動きは、その反対側で起きた。クレアラベルがさっと待合室に目をやると、一人の男が椅子と椅子の間に買い物袋を置くところだった。

「ちょっとお待ちくださいね」クレアラベルはミセス・スノウにそう言って待合室へ急いだが、男の姿はなく、ほかにだれもいなかった。しかし、袋は奥に押し込んであって手が届かない。もしや、まだここへ着かない患者のために、どうでもいいようなものをだれかが置いていったのだろうか？　病院内の職員のだれかが、あとで使う器具を置いていったのだろうか？　それとも、爆発物でも？

警備員室へ連絡をするのは、いささかばかげているように思えた。大げさに考えすぎているのかもしれないし、もしこれがだれかの買い物袋だとわかったら、ばかを見ることになる。それでも彼女は警備主任のベッグに事情を説明し、しかるべきところに連絡してもらえないかと頼んだ。

警備員室の小窓に頭と肩を突っ込んで研修医にメモを書いていたミスター・ファン・ボーゼルは、ベッグの心配そうな顔を見上げた。

「そいつは爆発物に見えますかね、ミス・ブラウン？」

ミスター・ファン・ボーゼルは頭と肩を小窓から引っ込めてベッグのそばへ行った。

「どうかしたのかい？」不安な様子を少しも見せずにたずねた。

「理学療法科のミス・ブラウンからで、男が待合室へ入ってきて、荷物を置くのを見たそうです。調べに行ったが動かせないらしく、ビニールの買い物袋だそうです。かなり重いようで、どこかに通報したほうがいいかと言ってきたんですがね」

ミスター・ファン・ボーゼルは、警備員の手から受話器を取った。「クレアラベルかい？　そこにだれか患者がいる？　一人？　できるだけ早くそこを出るんだ。何も心配するようなものじゃないかもしれないが、大事をとろう。近くの者全員に避難するように言うんだ。しかるべきところに連絡をとる。さあ、早く逃げて」彼は電話を切って言った。「ベッグ、警報器を鳴らして、警察に連絡するんだ」

ミスター・ファン・ボーゼルはもう駆けだしていた。理学療法科の建物の向こう端から、クレアラベルがミセス・スノウをせかしてこちらへ来るのが見える。

クレアラベルは即座に行動したのだった。ミスター・ファン・ボーゼルの声は切迫していたが、あわてた様子はなかった。彼女は、うおのめが痛まないように靴を脱いでのんびり椅子にかけていたミセス・スノウのところへ駆け戻った。

「ミセス・スノウ、すぐにここを出なくてはなりません」彼女は努めて冷静に言った。「待合室に怪しい包みがあるんです」説明する必要はなかった。いまどきだれでも、買い物袋に詰めた爆発物のことは知っている。「急がないと……」

ミセス・スノウはかがんで靴をはこうとした。「あら、そう。だけどちょっと待って、靴を……」

クレアラベルは患者のまわりに散らかった品々をかき集めた。「はかなくていいの」彼女はせかした。「外に出てからはけばいいから」その声が、非常事態に備えてあらかじめ定められた段取りに従って鳴った警報器の音にかき消されると同時に、ミスター・ファン・ボーゼルがこちらへ走ってくるのが見えた。

彼が二人まであと一メートルというところへ来たときに爆弾が破裂したので、クレアラベルは〝伏せろ〟という彼の怒鳴り声が聞こえなかった。あとになって考えても、息がとまりそうになって頭がくらくらしたのは爆発のせいなのか、ミスター・ファン・ボーゼルが自分とミセス・スノウの上にのしかかったせいなのか、定かではなかった。クレアラベルには病院全体が崩壊したかに思えたが、爆弾が小規模だったため、爆破されて瓦礫《がれき》の山と化したのは理学療法科だけにとどまった。

ミスター・ファン・ボーゼルは用心深く立ち上がった。上等なスーツには、羽毛やカーテンの切れ端やかなりの量のしっくいがついていた。顔はいくぶん青白いが、声は穏やかだ。「さあ、出ようか?」彼はクレアラベルを立たせて抱きかかえた。彼女は血の気を失い、めまいがし、ひたすら彼にしがみついてその肩に顔をうずめたかった。「しっかりつかまって」彼は冷静に言い、今度はミセス・スノウに手を貸して立たせた。

さらに奥のドアへと急ぎながら、クレアラベルは妙な気持がした。靴はどこかへ行ってしまったし、脚に何か生温かいものがしたたっている。がんがんと頭痛がし、どこかに横になってやすみたい一心だった。

思わず声に出してそうつぶやいたのだろう、ミスター・ファン・ボーゼルが答えた。

「あとで。ここを出るのが先だ」彼は厳しく言い足した。「患者もいることを、くれぐれも忘れないように」

「冷たい人」そうつぶやいたとき、クレアラベルは周囲の残骸《ざんがい》がごろごろがらがらと音をたてて転がるのをぼんやり聞きながら、彼の横でよろめいた。

クレアラベルは人々が集まっているのに気がついた。このとき彼女はひどく気分が悪くなっており、ミスター・ファン・ボーゼルが彼女の額に手を当てて抱き上げ、救急室からまわされたストレッチャーに乗せたのもほとんど意識になかった。

ベッドに移されると彼女はぐっすり眠り、若くて健康でもあるので、何時間かのちに目覚めたときはすっかり元気になっていた。

「うちへ帰るわ」彼女は様子を見に来た看護師に言った。「あなたもよけいな仕事が増えるし、わたしはどこも悪くないんですもの」

「師長を呼んできますね」看護師がにこやかに言って部屋を出ていくと、すぐに師長がやってきた。髪の毛一本乱さずにさっぱりしたミスター・ファン・ボーゼルも一緒だった。

彼はクレアラベルを見下ろした。「気分はよくなったかい？　ぼくはものすごい勢いできみにぶつかったんじゃないかと心配しているんだ。フラットへ帰りたい？　帰っちゃいけない理由はないけれど、明日は静かにしているんだよ。そのほうがよければ、ベッドにいなさい。明日の朝、ミス・フルートがきみの様子を見に寄るそうだ。仕事のことは心配しなくていい——理学療法の患者は、クレム病院とセント・ジャイルズ病院へまわすように手配しているから」

「失業しちゃったわ」金髪はもじゃもじゃ、大きすぎる手術用白衣を着て体を起こしたクレアラベルは、顔は青白くてもこよなく美しく見えた。

ミスター・ファン・ボーゼルはほほ笑んだ。「だからね、クレアラベル、結局きみはぼくと一緒にオランダへ行けることになったんだよ」

クレアラベルは息をのんで彼を見上げ、師長の興味津々な様子に気がついた。

彼女が何も言えずにいると、ミスター・ファン・ボーゼルが師長に言った。「クレアラベルは、オランダのぼくの親戚《しんせき》に、遊びに来るように言われているんです。ちょうどいい休暇になりますよ。その……こんな大騒動があったんですからね」

クレアラベルが怒りにきらめく目でにらむと、彼は平然とほほ笑み返した。これで、抜き差しならない情況に追い込まれたわけだ。いまとなっては師長に弁解をしても通用しない。あっという間に病院じゅうが、クレアラベルのオランダ行きを知ることになる。おそらく、中傷はされまい。彼は尊敬されていて、たいがいの人は彼を男やもめだと思っている。彼は自分がそう思われているのを知りながら、あえて訂正しようとしたことはなかった。病院じゅうの噂《うわさ》は、彼が結婚を決意したと結論するだろう。そして、相手はだれがなんといってもすばらしい女性、クレアラベル・ブラウンに勝る候補はいない、と。

彼女は、このニュースを広めたくてうずうずしている師長と連れ立って立ち去るミスター・ファン・ボーゼルを怒りにくすぶった目つきで見送った。

悔し涙がこみ上げたそのときミス・フルートが来たので、彼女は急いで涙をぬぐった。

「パットが服を取りに、あなたのフラットへ行ったわ。本当に大丈夫？　相当ひどいショックだったのね」

「ええ、かなり。ミス・フルート、けが人は大勢出ましたの？　被害は大きいんですか？」

「擦過傷と打撲傷が六人よ。ほかにけが人が出なかったのは奇跡だわ。理学療法科は吹っ飛んじゃいましたけどね。クレムもセント・ジャイルズも、わたしたちの手はいらないそうよ。少なくともここ数週間の間はね。病院は、理学療法科の仮病棟を建てますって。機材が入ったりするまでに、何カ月もかかることになりそうね」彼女はクレアラベルの肩をたたいた。「少なくとも一カ月は有給休暇ということになるわ。それまでに、病院も今後の方針を決めるでしょう。明日の朝、様子を見に行くわ。せかせかと動きまわっちゃだめよ。あなたのバッグ、というよりバッグの残骸を見つけたわ。パットが鍵《かぎ》を出したの。彼女もじきに戻るでしょう」

「ミセス・スノウは大丈夫かしら？」

「彼女は救急室へ運ばれて、検査を受けて、うちへ送り帰されたわ。あなたのことをとても心配していてね。ミスター・ファン・ボーゼルは、彼女がなくした帽子と靴を買ってあげるとしきりに約束していらしたわ。親切な方ね、機転もきくし」彼女はちらりとクレアラベルの顔をうかがった。「さあ、わたしも帰るわ。表はめちゃくちゃだけど、病院の業務は平常に戻りましたからね。いま犯人を捜しているの。警察は、あなたがフラットに戻ったら話を聞きたいそうよ。大丈夫？」

クレアラベルはうなずき、ミス・フルートは帰っていった。

その直後、パットが持ってきた服を着て、師長につき添われて病院の玄関に下りながら、クレアラベルはためらいがちに言った。「タクシーで帰ろうと思うんですけれど、だれか電話を……」

「その必要はないわ。送っていただけるのよ」

玄関ホールについたクレアラベルは、ミスター・ファン・ボーゼルが窓の下枠に腰かけて新聞を読んでいるのに気がついた。彼は新聞をたたんでわきによけ、二人のそばに来た。

「もういいのかい？」彼はさりげなさと気遣いとがバランスよく入りまじった口調でたずねた。

「はい。でも、タクシーで帰れますから……」

「むろんそうだろうが、警察の事情聴取があることだし、病院からもだれか行っていたほうがいいと思うんだよ」

「ミスター・ファン・ボーゼルのおっしゃるとおりよ。送っていただきなさい」師長がきっぱりと言った。

フラットに着くと、クレアラベルは素直に従った。クレアラベルは走って二人を迎えに来た猫たちをなでたが、めまいがするような気がしてすぐに腰を下ろした。

その間にミスター・ファン・ボーゼルは黙ってやかんを火にかけ、猫にえさをやってから紅茶をいれ、彼女のところへ持ってきた。カップを受け取る手が心なしかまだ震えているのが恥ずかしくなり、クレアラベルはぶっきらぼうに言った。「爆弾が破裂したというのに、けろりとしているのね」

「あんな不祥事が起こった場合、男というのは感情を表に出さないものなんだよ」彼は穏やかに言ってほほ笑んだ。「ぼくだって、ものすごく怖かったさ」

「まあ、本当に？　怪しいものだけど……ところで、体重はどれくらいおありなの？」

「九十五キロ近くかな。きみにひどく痛い思いをさせなかったならいいんだが」そう言って彼女の向かい側に座り、紅茶を飲み始める。

クレアラベルは首を横に振った。「もしあなたが守ってくださらなかったら、わたしたちはどうなっていたかわかったものじゃないわ。まだお礼を申し上げていませんでしたけど、本当にありがとうございました」急に恥ずかしくなったのを隠そうと、彼女は言い足した。「ミセス・スノウもしっかりしていたわ……」

「そうだね。明日はデートなんだよ――彼女とぼくとでね」彼はカップを置いた。「一時間もしたら警察が来る。お風呂に入ってパジャマを着て、ガウンをはおっておいで。その間にサンドイッチを作っておくよ。そうすれば、警察が帰ったらすぐにベッドに入れる。明日はぼくが様子を見に来るまで起きるんじゃないよ。ショックは忘れたころにやってくるからね」

彼と言い争うより、素直に従うほうが楽だ。

髪も洗って居間へ戻ると、ミスター・ファン・ボーゼルはおかしそうな顔をしていた。

「いま隣へ行って、事件のことを話してきたんだ。そうすれば変なせんさくをされないですむからね。いいおばさんだ。むろん彼女はそこらじゅうに話をまき散らすだろうな。きみは、いくらでも隣近所の関心の的でいられるよ。おばさんは、今夜きみが一人でいるのはどうかと心配したけれど、その心配はぼくがすると言っておいた。ぼくが自分でここに泊まりたいけれど、まさかそうはいかないだろう? だから、ティリーに今夜ここで泊まるように頼んでおいた。じきに彼女を連れてきて、朝、迎えに来ることにするよ」

「でも、ベッドがないわ。わたし、本当に一人で大丈夫ですから」

「わかっているよ。彼女は寝袋と寝具を持ってくる。文句はなしだよ、クレアラベル。そろそろ警察が来るころだ。電話を借りていいかい?」

彼は研修医と話をすませ、受話器を置いた。

「お母さんには電話をしておいたけれど、きみも自分で何か話したいだろう?」

クレアラベルは申し訳ない気持になった。「ありがとう、マルク。そんなことも気がつかなくて……恥ずかしいわ」

「いいんだよ。きみはひどいショックを受けたんだ。いますぐかけよう」彼は電話を持ってクレアラベルのそばに来た。「お母さんは心配で心配でたまらないらしいよ」

クレアラベルは受話器を受け取り、できるだけいつもと変わらない調子でしゃべった。娘の声を聞いて両親が安心しているのを感じ、彼女もほっとした。

ミスター・ファン・ボーゼルは言った。「よかったね。それくらいしてあげなくちゃ。きみの声を聞いて、お二人ともひと安心だろう」

そこへ、警察が事情聴取に来た。彼らはお茶を飲みながら、取り立てて大騒ぎをするほどのこともない事務的な聴取を終えて引き揚げていった。

ミスター・ファン・ボーゼルはサンドイッチを作り終えると車でどこかへ出かけていき、ほどなく瓶をかかえて戻ってきた。「赤ワインだよ。飲みたいんじゃないかと思ってね。三十分もしたらティリーを迎えに行くけど、その前にちょっと話をしないか?」

「なんのお話?」ほとんど平静を取り戻したクレアラベルは、りんごやチーズサンドイッチをかじりながらたずねた。

「いままできみは、ぼくと一緒にオランダへ行くのを断る口実がたくさんあった。ところがいまはもう、一つも残っていない。それどころか、ちょっとした休暇が望ましい状態だ。ぼくは金曜日に帰るつもりだ。明日の夕方、きみをティスバリーへ送っていくから、猫を連れていって、オランダへ行っている間預かってもらいなさい。それからミス・フルートが、昼過ぎに荷造りを手伝いに来てくれるはずだ」

クレアラベルは口いっぱいにサンドイッチを頬張ったまま彼を見つめ、あわててそれをのみ下した。「なんてことを……冗談じゃないわ！」

ミスター・ファン・ボーゼルは落ち着き払って言った。「今度こそ、とやかく言いっこなしだよ、クレアラベル。ぼくの招待を潔く受けるんだ」

「あなたはアルマのことがあるから誘ってくださるだけで、わたしが一緒だろうと一緒でなかろうと、少しも影響はないと思うわ」

「きみが一緒に行けば、彼女に〝引導を渡す〟ことになると言わせてもらいたいね。きみを連れていくことをぼくは秘密にしないし、あの不良娘は地獄耳らしいから。でも、言っておくけど、もちろんきみと過ごせるのはきっと楽しいと思う。もっとも、あまり一緒に過ごす時間はないだろうけれど――それでもいいよね？」

彼は椅子を立って、あと片づけをすませ、戸締まりを確かめてから鞄《かばん》を持った。

「おやすみ、クレアラベル。ティリーを迎えに行くけれど、連れてきたらそのまま失礼するよ。鍵を貸してくれないか？　彼女を無事に送り届けるから。さあ、おやすみ。きみを起こさないよう、彼女に言っておくからね」彼はクレアラベルの金髪に軽くキスをすると、ひと言も言えないでいる彼女を置いて出ていった。

数分後、彼女はベッドを下りて狭い部屋を歩きまわった。彼はわたしが言われたとおりにするのが当然と思っている。それが彼の身勝手のためだということがわかってさえいなければ、喜んで申し出に応じていたかもしれない。

「絶対に行きませんからね」彼女は猫にそう言ってベッドに戻り、何か心休まることを考えようとした。それからすぐ彼女は眠りに落ち、ティリーが忍び足で居間へ入り、携帯ベッドを組み立てたこともまったく知らなかった。

翌朝、クレアラベルはすっかりいつもの自分に戻った気分で目覚めた。「ありがとう、ティリー、ひと晩泊まってくださって。あなたが来たのも知らなかったわ。寝苦しい思いをしなかったかしら?」

「いいえ、ちっとも。お風呂に入って着替えてらっしゃいよ。何か食べるものを作っておくわ」小柄でぽっちゃりしたティリーは、豊かな胸元で腕を組んで怖い顔でうなずいた。「あなたを元気づけろってボスに言われたからには、そうしますからね」ドアのところで彼女は振り向いた。「猫がいるじゃない。えさをやっておく?」

朝食をすませ、あと片づけをしているところへミスター・ファン・ボーゼルがやってきた。「もういいのか?」簡潔でそっけない彼の挨拶《あいさつ》に、クレアラベルは何か違う言葉を期待していたことが恥ずかしくなった。自分はけがもせず、ただ驚いただけ。彼はいつものようにこざっぱりとし、十二時間たっぷり睡眠をとり、爆弾のことなどつゆ知らないというような顔をしている。クレアラベルはひどくしょげてしまったが、どうしようもなかった。おまけに彼は優しかったし、思いやりがあって……。

クレアラベルは明るく言った。「ぐっすり眠れましたから。ティリーに泊まるように言ってくださってありがとう。心強かったわ」

彼はうなずいた。「じきにミス・フルートが来るよ。ぼくはティリーを家へ送りに行く。六時ごろ迎えに来るよ。オランダで二週間過ごすつもりで荷造りをしておくんだ。金曜日にここへ寄るとしても、衣類をまとめるだけの時間があるかどうかわからないからね」

「わたし……」クレアラベルは言いかけてやめた。口論したところで始まらない。思ったことはそのとおり実行する人なのだ。もしこちらが異論を唱えれば、手荒いやり方で押し通すに決まっている。

ミスター・ファン・ボーゼルがティリーを連れて帰ってしまうと、彼女はポットにもう一杯紅茶をいれ、これから先のことに思いをめぐらした。その大部分は、ミスター・ファン・ボーゼルの手に握られている。そう思うと、たとえ彼のおばあさまが頭の古い強敵だとしても――彼女が孫息子と似ているなら、それは大いにありうることだが、結局は休暇もなかなかいいものではないだろうか。

紅茶を飲み終え、フラットを留守にする支度に取りかかった。やがてミス・フルートが来て、二人は食糧庫の品物を全部出し、その中から生鮮食品を隣の老婦人に渡してから荷造りを始めた。

「何を着ていったらいいのかわからないわ」クレアラベルはいら立たしげに言った。

「あのすてきなスーツがいいじゃないの——最近買ったニットのね。あれなら旅行中でもいいし、なんなら毎日でも着られるわ。ジャージーのドレスを二着、スカートにブラウスにセーター。それから、去年買ったあのすてきなブレザーも持っていらっしゃい。そうそう、夜出かけるときのために、きれいなドレスも忘れないで——二着はいるんじゃない？」

「行き先すら知らないなんて……」

「愉快じゃないの」ミス・フルートは言った。「わたしが代わりたいくらいよ」

「あなたもどこかへいらっしゃるの？」

「コーンウォールの妹のところへね」

クレアラベルは、ブラウスを持った手をとめた。「ミス・フルート、わたしがオランダへ行くこと、ちょっとおかしいとお思いにならない？」

「ちっとも。あなたがミスター・ファン・ボーゼルのお役に立っているという話は彼から聞いているし、いまのあなたは、まさに環境の変化が必要ですからね」

その夕方、ティスバリーへ向かう車の中で、クレアラベルは言った。「今度のことは母に相談して、母の言うとおりにすることにします。たぶん、オランダへは行かないように言われるわ」

「それは、成り行きを見ようじゃないか」ミスター・ファン・ボーゼルは真顔になった。「心配することはないよ、クレアラベル。人生はあるがままに……流れを変えようとするものじゃないさ」

8

クレアラベルがまったく意外に思ったのは、実家についたときマルクが少しも先を急ぐ様子を見せないことだった。それどころか手描《が》きの地図を見せたいと父親から書斎へ誘われると、彼はいそいそとついていってしまったので、彼女はいささか面くらい、母親の手伝いをしに台所へ行った。

「彼さえよければ、泊まっていただいていいのよ」母親はじゃがいもをつぶしながら言った。

クレアラベルは考え事で頭がいっぱいだったので、そのことは思いつかなかった。「ああ……そうね、彼は妹さんのところへ行くんじゃないかしら。きかなかったけど」

母親は鋭く娘を一瞥《いちべつ》した。明らかに何か思い詰めているらしく、それもどうやら爆弾のこととは関係ないようだ。ひとしきりその事件の話が続き、母親は言った。「ミスター・ファン・ボーゼルがそこにいらして本当によかったわね」

クレアラベルは食堂へ皿を運びかけた足をとめた。「ええ。それは、わたしが電話をしたとき、ちょうど彼が警備員室にいて――そう話したでしょう」

「なんでもすぐに忘れちゃうのよ」そのひと言をクレアラベルは割り引いて聞いた。母はどんなことも決して忘れない。

クレアラベルが台所へ戻ると、男性たちもそこにいて、ウイスキーグラスを手にしていた。父親は妻と娘にも、最高のシェリーをついだ。「やあ、クレアラベル。マルクが夕食をつき合ってくれるそうだ。食事もしないでロンドンまで戻るなんて無理だからね」

クレアラベルはトレイをテーブルの上に置いた。「今夜じゅうに帰るっておっしゃるの？　だって、もう九時過ぎなのに」声がうわずった。

マルクがまったく無邪気な目つきで冷ややかなグリーンの瞳を見返したので、クレアラベルは拍子抜けしていまにも吹き出しそうになった。「夜のドライブが好きなんだ」彼は穏やかに答えた。「それに、おいしそうなにおいがするんでね」

ミセス・ブラウンは彼ににっこり笑いかけ、うれしそうに言った。「わたしが作ったクレソンスープですわ。それにベーコンと卵のパイ、デザートは焼りんごの生クリームがけよ」

何か自分だけ知らないことがあるような気がするが、それが何かわからないまま、クレアラベルはテーブルのパンを切り始めた。やがて父親が言うのを聞いて、彼女はナイフを取り落としそうになった。「クレアラベルを招《よ》んでくださって、本当にありがとう。あんな恐ろしい思いをしたあとには、何よりの休息になりますよ」彼は仰天している娘を振り返った。「楽しんでおいで」

わたしに内緒で何もかも手はずを整えるなんて、ひどい人――クレアラベルは激しい怒りを抑え、そっけなく答えた。「そうしたいけど――行き先も知らないんですもの」クレアラベルはできることなら焼き尽くしてしまいたいとばかりに鋭い目つきでマルクをにらんだ。

「びっくりさせられるのも楽しいものだよ」彼は言葉巧みに言った。「でも、お教えしよう。ぼくの家は、オランダ北部のフリースラント州にある。いまも自然のままで、ほとんどが農地と湖だ。静かで平和そのものだよ」クレアラベルの機嫌をとるように言う。「きみはちょっと神経がとがっているんだよ。もっとも、あんな目にあえば無理もないけどね」

両親は満足そうにうなずいている。クレアラベルはマルクが楽しんでいるのに気づき、彼のからかうような視線から目をそらした。

夕食の席では、さまざまなことが話題に上った。爆破行為に対する憤り、フリースラントの風景、オランダまでの旅程。そして、ミセス・ブラウンからそれとなく私生活についてたずねられると、マルクは漠然と、ごくあいまいな答えをした。週末に迎えに来ると約束をして彼が帰ったときは十一時近かった。

玄関で、クレアラベルはとげとげしく言った。「それで、アルマのことはどうなるの？　わたしがここにいる間、連れて歩く女の子はほかにいるの？」

「まあまあ、そうすねないで。もしそれできみの気がすむなら、ぼくは毎晩、病院に泊まることにするよ。それに、もしアルマに会ったら、きみを連れてオランダへ行くと言っておこう」彼はさっと身をかがめてキスをした。「心配しなくていいよ、クレアラベル。だれもきみの役を横取りしやしないさ」

「それからもう一つ。よくも人に内緒で、オランダ行きのことを両親に話したわね？　一緒に行くとは言っていないのに……」

「いや、行くと言ったよ。今度の爆弾事件で、きみはちょっと頭の働きが鈍ったんだろう」彼はにっこりほほ笑みかけてから表の車に乗り、振り返りもせずに走り去った。

金曜日、マルクは昼食が終わったところへやってきて、ミセス・ブラウンからコーヒーを受け取り、それとなくクレアラベルの体の調子をたずねた。そして父親とひとときを過ごしながら、彼女の支度ができしだいすぐに出発したいと告げた。

「途中でぼくのフラットへ寄ろう」彼は言った。「ティリーが荷造りをしておいてくれるはずなんだ。ハーウィッチ経由で行く。そうそう、来るときメドウ・ロードに寄って、お隣さんに留守を頼んでおいたからね。それから、ミス・フルートがよろしくって——彼女も今日出かけるんだ」

ニットのスーツに愛らしく身を包んだクレアラベルは、猫に別れの挨拶《あいさつ》をして荷物を持った。そして胸をときめかせながら、両親に出発の挨拶をして車に乗り込んだ。それにしても、人間は楽なことや贅沢《ぜいたく》――たとえばロールスロイスで走りまわることに、これほどやすやすと慣れてしまうものだろうか。

マルクは、何やら父親に話をしに戻った。もう別れの挨拶はすませたのに、いったい何を話すことがあるの？　だがなんの話であったにせよそれはすぐに終わり、彼は運転席に座って車を出した。

彼は黙っていた。ちらりと見ると、横顔が険しい。おそらく、今週中に手術をした患者のことか、オランダで待っている仕事のことを考えているのだろう。クレアラベルは何か言おうと頭をひねったが何も思いつかないので、やはり黙っていた。

ようやくマルクが口を開いた。「オークレーでお茶を飲もう。まだ何かフラットに用事があるかい？」

「ないわ。もしお急ぎなら、寄っていただかなくてけっこうよ」

「そんなに急いじゃいないよ。戸締まりや火の元をよく確かめてから、ぼくのフラットで食事をしよう。ハーウィッチへは十時ごろまでに行けばいいんだ」

メドウ・ロードは午後の日ざしを浴びていつもよりずっとむさくるしく見え、にぎやかに花が咲き乱れるプランターや、派手な色のドアをよそに、薄汚い印象がある。二人はフラットの中へ入り、すべてがしかるべき状態にあるのを確かめてから表へ出た。

フラットをあとにしてしばらくしてから、今度戻ったときにどんな気持がするだろう、とクレアラベルは思った。そのとき、ロンドン——少なくともロンドンの界隈《かいわい》は、最も住むにふさわしくない場所に見えるのではないだろうか。

マルクのフラットは違うわ——堂々たる正面玄関を入りながら、クレアラベルは思った。汚いカーテンをめくって二人が入っていくのをのぞく人はいないし、どの玄関もきちんと閉じられ、静かで、町の騒音も聞こえない。

二人が着いたのを窓から見ていたティリーはフラットのドアを開けて陽気に言った。

「いらっしゃい。すばらしいごちそうを用意してあるのよ。いますぐ盛りつけるから、お二人ともさっぱりしてらっしゃいな」彼女は台所へ向かいながら言った。「ご注文どおりに荷造りはしておきました。それから、いつもだんなさまにつきまとってるあの女の子から電話がありましたよ。どこにいるのかってね」

「それで、なんと答えたんだい？」

「だんなさまに言われたとおり——いま町を出てて、今夜にはオランダへいらっしゃるって」

立派な居間でシェリーを飲みながら、クレアラベルは言った。「いよいよこれでアルマもおしまいね。なにもわたしがわざわざ……」彼女はマルクの目を見た。「ええ、そう、大事をとるに越したことはないというわけね」彼女は眉をひそめた。「でも、それほどまでに彼女に思い知らせる必要があるかしら？」

「いいかい、ちょっと考えてごらんよ。子供のころ、欲しくてたまらないものを与えられないがためになおさらそれが欲しくなり、いざ何かの偶然でそれが手に入ったら、もうおもしろくもなんともないということがなかったかい？　かなりおおざっぱだけれど、厄介なアルマには同じことが言えるんだ」

ティリーの用意したおいしい食事をすませると、二人は出発した。マルクの時間の計算はちょうどよく、ハーウィッチに着いたときは大勢の乗客はすでに乗船し、順番を待つ車の列は少なかった。

彼は運転席にもたれて半ば目を閉じていたので、彼が満足そうにこう言ったとき、クレアラベルは驚いた。「あの娘《こ》が来ればいいと思っていたんだ」

クレアラベルは思わず背筋を伸ばした。「アルマが……来ているの？　彼女もオランダへ行くわけじゃないでしょうね？」

「いや、行かないだろう。ただ、ぼくたちが一緒かどうかを確かめに来たのさ。できたら、愛情たっぷりに見つめてごらんよ、クレアラベル」

これならどうにかうっとりとわれを忘れた顔に見えるだろうかと彼女が表情を取りつくろっているところへ、アルマが来て車の窓をたたき、マルクは窓を開けた。彼女のほかに気の弱そうな若者が二人いた。クレアラベルは、車の中の二人をじっと見つめるアルマに、心にもない笑みを投げかけた。

「本気なのね」アルマは大きな声で言った。「本当に行っちゃうのね。まだ結婚してないの？」

「まだだよ」マルクは辛抱強くていねいに答えた。「でも正直な話、あとは時間の問題さ」彼はおかしそうに目をきらめかしてクレアラベルを見た。「準備が整いしだいね。そうだろう、ダーリン？」

毒を食らわば皿までとばかりに、クレアラベルはわれながら胸が悪くなるような声で口走っていた。「ええ、あなた」それからアルマに向かって言った。「どんなつつましい結婚式でも、することが多くてびっくりしちゃうわ」

アルマはぷりぷりして言った。「わたしは友だちも親戚《しんせき》もたくさん招んで、贈り物もたくさんもらえる盛大な結婚式にするわ」

「どうぞそうなさいな。でも、マルクとわたしはそれほど若くないから、どちらかというとそんなことをする年じゃないのよ」彼女は前を見て叫んだ。「あら、大変、わたしたちが乗る番だわ。じゃ、おやすみなさい、アルマ。結婚するときはわたしたちにも知らせてちょうだい。あなたはさぞかしかわいい花嫁さんになるでしょうね」

マルクは、忍び笑いをせき払いでごまかした。「そう、きっとそうなるね」彼は車を出した。

フェリーの車両用甲板に着くと、クレアラベルは作り笑いをやめた。「今度こそ彼女もおしまいね」

「そう願いたいね。まったくきみはたいしたものだな、クレアラベル。舞台に立とうと思ったことがあるのかい？　だってたったいまぼくは、きみが本当に結婚式を待ち焦がれているのかと思ったよ」

車をとめて降りるどさくさのおかげで、いまにも口から出かかった熾烈《しれつ》な言葉をのみ込んでしまったのが残念でならない。そのうえ、それぞれのキャビンへ行ってからバーで落ち合ったとき、マルクが素知らぬ顔でこう言ったので、クレアラベルは何も言えなくなってしまった。

「正直に言って、きみはぼくたちがもうそんなに若くないことを深刻に考えすぎていると思うな、クレアラベル。年のことは気になるかもしれない。でも、ぼくはそれほど自分が年だとは思っていない」彼はクレアラベルを席に座らせた。「寝る前に一杯どう？　外はだいぶ荒れているようだから、ブランデーはきみのためになると思うよ」

クレアラベルは力をこめて言った。「よくもそんなひどいことが言えるわね。それに、ブランデーは嫌いです」

「ぼくが男らしく謝ったら、ブランデーを飲んでくれるかい？」

クレアラベルは半分ふくれて答えた。「そうね、いいわよ」グラスが来ると、彼女はブランデーに口をつけた。ぽかぽかと体が暖まり、彼女は椅子にもたれて周囲を見まわした。フェリーはほぼ満員で、大勢の人が笑ったり話したりして動きまわっていた。

「きみは一度も、ぼくがどこに住んでいるかきいたことがないね、クレアラベル。関心がないのかい？　もちろんご両親には話してある。きみはすごく臆病《おくびょう》なのか、いじらしいほどぼくを信頼しているかのどちらかだな」

クレアラベルはまじめに答えた。「あなたを信頼しているわ。それに、オランダ北部のどこかに住んでいるとおっしゃったでしょう。でも、あなたのことはあまり教えていただいていないわね？　妹さんがいらっしゃるのは知っていますけど……」

「三人いるんだよ――あとの二人は、結婚してオランダで暮らしている。みんなぼくよりずっと若いんだ。叔父や叔母やいとこもいてあちこち離れ離れになっているけれど、祖母だけは、ぼくが頻繁に顔を合わせるただ一人の親族なんだ。彼女はレーワルデンに住んでいて、ぼくはその南の小さな村で暮らしている。南へ下る高速道路を行けば、百四十キロくらいでアムステルダムだ――アムステルダムへは、週一度、手術をしに行く。ハーグへ行くこともある――百九十キロぐらいかな。でも、たいていはレーワルデンとフローニンゲンがぼくの職場だ」

「あまり家にいらっしゃるときがないのね。あの……独り暮らしなの？」

「ああ。家政婦がいるし、彼女のご亭主が庭の手入れから大工仕事から、ぼくが留守中の管理もしてくれる」彼はほほ笑んだ。「さあ、これでぼくのことは全部話したよ、クレアラベル」

「ええ、ありがとう。もうそろそろやすもうかしら。明日の朝はどこでお待ちしたらいいの？」

「船室係の女の子に、紅茶とトーストを持ってきみを起こしに行くように言っておいた――朝食は途中でとることにしよう。車に乗るときに、きみのキャビンをノックするよ」

二人は同時に椅子を立った。「おやすみなさい、マルク」いきなり頬にキスをされて、クレアラベルはびっくりした。

「いったん癖になると、なかなかやめられなくてね」彼がささやいた。

翌朝、クレアラベルがちょうど支度を終えたとき、マルクがドアをノックした。彼女は手袋とハンドバッグを持った。「おはようございます。もう着くの？」

「あと十分ほどだ。デッキへ出て、見てごらん」

空はきれいに晴れ渡っていたが、寒い朝だった。やがて彼らは下船し、マルクは道路を北上し始めた。ほどなく幹線道路に入り、デルフトを通過してアムステルダム近くまで突っ走り、そこからアルクマール方面への道路に入った。半分ほど行ったとき、マルクはガソリンスタンドで車をとめた。

「ここで食事をしよう」彼はそう言って車の給油を頼み、こぎれいなギンガムチェックのカーテンがかかった小さなカフェに入った。カーテンとそろいのテーブルクロス、窓の下枠には数えきれないほどの鉢が並び、実に感じのよい店だ。二人が窓際の席につくと、店主はコーヒー、ロールパンとクロワッサン、チーズとハムの薄切り、ゆで卵、皿に載せた小さなジャムのポットを運んできた。すでにおなかがぺこぺこだったクレアラベルはきれいに食事を平らげ、二人は元気を取り戻してふたたびロールスロイスに乗った。

「まだだいぶ遠いの？」彼女はたずねた。

「堤防を渡って、それから四十キロくらいかな」

「堤防はどの辺？」

「ここからたっぷり五十キロ先――その堤防が約二十五キロ。あと一時間くらいで祖母の家に着くよ」

彼は楽しい旅の道連れで、クレアラベルが喜びそうなものについてはなんでも説明し、根気よく彼女の質問に答え、そしていま州境の道路を横切りながらしきりにレーワルデンのことを話して聞かせた。それほど大きな町ではない、と彼は言った。しかし、古くて美しい屋敷がいくつもあり、場所さえ知っていれば、心休まる気のきいた通りがたくさんある、と。

彼らは大提防に着いた。非常に高く、片側は海で反対側はアイセル湖、そこを走り抜けるとようやく前方に大地が広がった。マルクの故郷、フリースラント州だ。

車はふたたび幹線道路に乗ったが、マルクはフラネケルで道をそれ、クレアラベルが運河沿いの切妻屋根の家々や、オランダ・ルネッサンス最盛期の建物へメントホイスを眺められるよう、ゆっくり町を走り抜けた。

「プラネタリウムもすぐそばにあるんだ。オランダにいる間に見る機会があるかもしれないよ。変わっているんだ。創設者のアイス・アイジンガは毎晩ろうそくの火で仕事をした——完成まで七年かかったんだ」

「オランダ語ができればよかったわ」急に不安になって、クレアラベルはため息をついた。

「その必要はないさ——たいていの人が多少の英語を話すし、こっちが言うこともわかる。それに、ぼくたち仲間うちではフリース語を使うんだ」

「あら……ウエールズ人がウエールズ語を話すみたいに？」

「そのとおり。さあ、レーワルデンだよ」

郊外には中流家庭の落ち着いた赤れんがの家々が並び、どの家にも小さな庭がついている。しかしほどなく、狭い通りに商店や古い家々がぎっしりと寄り添うように立ち並ぶ景色に変わった。

ロールスロイスは町の中心街を離れると、やがて高い塀の奥や、道路からだいぶ奥まった庭越しに見え隠れする大邸宅が並ぶ通りに来た。しばらく行ってマルクは門をくぐって半円形の砂利道に入り、平たい切妻屋根の相当大きな屋敷の前で車をとめた。とてつもなく大きな玄関のドアの下に石段が二段あり、大きな窓が三列並んでいる。

マルクが車を降りて彼女のためにドアを開け、二人が石段を上りかけたとき、ドアが開いて白髪の男性が彼らを出迎えた。

「ドウマスだ。祖母の執事だよ」マルクは老人の背中を優しくたたいた。「ドウマス、こちらはミス・クレアラベル・ブラウンだ」

クレアラベルはほほ笑んで握手をし、玄関ホールへ入った。細長くて天井の高いホールは、壁一面がほとんど壁画に覆われ、途方もなく大きなシャンデリアが天井から下がっている。マルクはしっかりとクレアラベルの腕を取り、ドウマスは先に立ってアーチ型の両開きのドアを開いた。

そこはとても広い部屋で、大きな窓には赤いベルベットのカーテンが下がり、どっしりとした調度品もたくさんある。きれいに磨かれた床を横切って二人を迎えた老婦人は、まさにその場にふさわしかった。背が高くてかなり体格がよく、背筋がぴんと伸びている。クレアラベルは、英国王ジョージ五世の妻、女王メアリーを思い出した。髪型もそっくり同じ、でも、ちょっと表情が厳しいかしら……クレアラベルの心は沈んだ。が、それもつかの間だった。マルクはクレアラベルの腕をつかんでいた手を滑らせて彼女の手を握りながら、もう一方の腕で老婦人を抱きかかえた。「おばあさま……」と彼女にキスをする。

「約束どおり、クレアラベルを連れてきましたよ」彼は優しく彼女を前に押し出した。「クレアラベル、祖母のファン・ボーゼル男爵夫人だよ」

クレアラベルと老婦人は握手を交わした。ほぼ同じ背丈の二人はじっと互いを観察し合い、ともに相手が気に入った。

「まあ、お嬢さん」男爵夫人は小さくつぶやいた。「なんてかわいいお名前の、なんてかわいい方だこと。おいでくださって本当にうれしいわ。わたしはいつもひっそり暮らしておりますけれど、なんとか楽しく過ごしていただけるような工夫をしますよ。それに、英語のお勉強ができるのもうれしいわ」彼女の英語はクレアラベルに少しも劣らない立派なもので、マルクと似たなまりがかすかにあるだけだった。「さあ、かけてコーヒーをいただきましょうよ、マルク。お昼もすませていくんでしょう?」

「ありがとう、おばあさま。でも、午後には家へ帰らないと。仕事が山ほど待っているんでね」

「そうでしょうとも」男爵夫人は大きな窓のそばの背の高い椅子にかけた。「しょっちゅうあなたに会えないのはとても残念ですけれど、こうしてちょっと会えるだけでもうれしいわ。とにかく、あまり働きすぎないでちょうだいね」

「楽しんで仕事をしてますからね」彼はクレアラベルと向かい合って腰かけた。「ここにいれば、本当に心安らかな毎日を過ごせるよ、クレアラベル。気を遣う患者はいないし、ジェローム病院を思い出させる人もいないからね」

「あなたはこちらへいらっしゃらないの？　あの、病院で手術をなさるために？」

「ああ、来るよ。明日はレーワルデンにいるけれど、忙しくてここへ寄る時間がないんだ。ちょうどいいさ。いま言ったように、病院を思い出させる人間がだれもいなくなるわけだからね」

クレアラベルは途方に暮れた。「ええ、そうですわね。あなただって、当然お友だちに会ったりなさるんでしょうから」その言い方には、わずかなとげがあった。

「それもある。でも心配ないよ。帰るときは知らせるし、いつでも電話をかけなさい。病院の住所はこれだから、ここへ連絡すればいいよ」

クレアラベルは無性にコーヒーが飲みたくなり、カップに口をつけた。彼と毎日会えるとは思っていなかったが、一緒に過ごす時間も多少はあるものと考えていた。それがいま、彼にその気がないことがわかったのだ。現に初めてこの話を持ち出したとき、一緒に過ごす時間はあまりないだろうと彼は言ったのだが、クレアラベルはそれをまじめに受け取らなかった。いまになって、そうしていればよかったと悔やまれる。やはり彼は、まさしく最初にあげた理由でわたしをオランダへ招んだのだ――これをかぎりにアルマと縁を切るために。例によって例のごとく、彼は自分に都合のいいように事を運んだのだ。クレアラベルはにこやかにマルクにほほ笑みかけたが、グリーンの瞳は怒りに燃えていた。「何から何まで本当に上手に手配なさったのね。わたしもきっとここが好きになると思うわ」クレアラベルは老婦人の方に向き直った。「お招きいただいて、本当にありがとうございます、男爵夫人」

老婦人は椅子にかけて黙ってマルクの話を聞きながら、心の中でくすくす笑っていた。このクレアラベルは本当に感じがよくて、いとしい孫息子を上手にあしらうことができそうだ。それなのに、わたしと暮らすためにここへ連れてこられた本当の理由を知らないに違いない。マルクはいつでも自分の思いどおりにしてきた。決して傲慢《ごうまん》なやり方によってではなく、自分がしようとすることを黙って進行させ、忠告には礼儀正しく耳を貸しても、ほとんどの場合それを聞き入れず、奥さんをもらうようにと妹たちにほのめかされながらも、彼女たちが結婚するまで、何かと陰で世話をした。それがいま、彼が耳を傾ける相手ができたのだ……男爵夫人は優しくクレアラベルにほほ笑みかけた。「お嬢さん、わたしもご一緒に、きっと楽しい毎日が過ごせると思いますよ。レーワルデンには見て歩く場所もたくさんありますし、まわりの州へドライブに出かけてもいいわ。ドウマスが連れていってくれますからね」

クレアラベルはほどよくうれしそうにほほ笑んでみせながら、マルクの運転で行けたらよかったのにと思い、そんなことを考える自分を恥じた。男爵夫人の質問にクレアラベルが礼儀正しく答える様子を、マルクは椅子にそり返っておかしそうに眺めていた。

やがてドウマスが来て、屋敷の女主人に何か話しかけてから、マルクにも何やらささやいた。

ドウマスがいなくなると、クレアラベルはおずおずとたずねた。「なぜ彼はあなたを男爵と呼んだの？　あなたは、ただのミスターではないの？」

「ああ、まあね。でもイギリスにいるときは、そんなことはどうでもいいんだよ。ドウマスは称号だのなんだのにちょっとうるさいんでね。気にしないでくれ」

「気にするですって？　どうしてわたしが気にしなくちゃいけないのかしら？」クレアラベルはぱっと頬を染め、祖母と孫息子はその様子をほれぼれと見守った。何かに腹を立てると、彼女はたまらなく愛らしく見える。「つまり」クレアラベルは礼を失してはいけないと思い、冷ややかながらもていねいに言い添えた。「本当に、どうでもいいとおっしゃるの？」

「まったくどうでもいいことさ」

ふたたびドウマスがやってきて何やらちょっとささやくと、男爵夫人が言った。「昼食ができましたよ。早めにいただけるようにしておいたの。だってマルク、あなたが一刻も早く家へ帰りたいのはわかっていますからね」

それを聞いて、クレアラベルはすっかり自分が見捨てられたような気持になった。彼らは屋敷の裏手の部屋で食事をしたのだが、そこからは、中央に小さな噴水があり、たくさんの木々や灌木《かんぼく》を植えた驚くほど広い庭が見渡せた。テーブルには厚いダマスク織のクロスがかかり、銀食器は重厚な年代物だ。クレアラベルはデルフト焼の食器に盛られたスフレを食べながら、マルクはわたしのフラットでコーヒーを飲んだウールワースの安物のカップをどう思っただろう、とふと考えた。スフレのほかに大きな銀皿に盛った冷製の肉、サラダ、あとからコーヒーも追加された。

食事がすむとすぐにマルクは帰ることになり、彼は祖母にキスをしてからさりげなくクレアラベルの肩をたたき、そのうちにきっと会いに来るからと言って出ていった。クレアラベル「本当にいい子よ」私道を走り去る車を見送りながら、男爵夫人は言った。クレアラベルは黙っていた。彼女は大きくのしかかる絶望感と闘っていたのだ。

男爵夫人の家で歓迎されるだろうかという不安を彼女が少しでも抱いていたとしても、それはたちまちかき消された。毎朝目を覚ましたときから夜ベッドに入るまで、彼女は大切に扱われた。男爵夫人は八十一歳という年齢をまったく感じさせず、二人は毎日、ドウマスの運転で観光に出かけた。フラネケル、ドックム、北部の海岸へと、クレアラベルが村々や裕福な農家を見ることができるように、狭い田舎道を選んで行った。農家はどこでも同じ造りで、手前にある家は細い道で大きな納屋に続き、たいていは屋根が赤いタイルでふいてある。彼女は堤防の話も聞いた。海を埋め立てたために無用となった廃堤防。海岸沿いのまばらな小さい村はほとんどが堤防沿いに作られたもので、小さくこぎれいな家々は、やはり屋根はタイルぶきで、裏庭にはずらりと洗濯物が干してある。クレアラベルの実家とはあまりにも違うが、それはそれなりに平和そのもので魅力があった。

昼食後、男爵夫人がやすんでいる間に、クレアラベルは市街地も探検した。ぶらぶらと商店街を歩き、貨物計量所に見とれ、狭い通りにかわいい鼻を突き出して眺め、博物館へも行った。見事な古い衣装や宝石、四百年前にサクソン人を追放したグロッテ・ピーエの大剣などのあるフリースラント博物館は、文句なしに最高の博物館だと彼女は思った。気がつくとフリースラント人は男性も女性も大柄だが、中でもマルクはひときわ大きく思えた。

屋敷へ来て四日目の朝、男爵夫人は一人で出かけたらどうかと勧めた。「わたしは仕事があるの。それに、こんなにいいお天気に、家の中にいたらもったいないわ」

そこでクレアラベルは、とくに当てもないままぶらぶらと町中へ出かけていった。連日の観光に加えて大勢の友だちや親戚が屋敷に訪ねてきて、これまでのところ、毎日が楽しかった。けれどもクレアラベルの心の奥には、マルクがまったく会いに来ようとしないことが引っかかっていた。電話があったとおばあさまは言ったけれど、あらゆる点から見て、彼は別世界の人間だ。ちっとも気にならないわ、と彼女は自分に言い聞かせた。あの人はいつも自分のしたいようにしてばかりいて、うんざりさせられるんですもの。そうはいっても、クレアラベルは彼が恋しかった。

彼女は貨物計量所のそばの柵《さく》にもたれ、何を見るでもなしに、どうしてこんなに気分がふさぐのだろうと考えた。来ないほうがよかったのかもしれない。でもそうしたら、アルマが面倒を起こしていただろう。

「やあ、クレアラベル」後ろからマルクに声をかけられ、彼女はくるりと振り向いてうれしさに顔を輝かせた。なんともいえないすばらしい気持だわ——夏の朝早く外に出たときとか、忙しい一日を終えて家に帰り、台所にいる母親を見たときのように、満足感と喜びとうれしさが見事に入りまじった、完璧《かんぺき》にすばらしい気持だ。

彼はひとしきりじっとクレアラベルを見つめた。「ぼくに会えてうれしい?」

「ええ、そうよ、うれしいわ」そう答えてから、彼がまだじっとこちらを見つめているのに気がついた。「おばあさまと、とても楽しく過ごしているの」

「それはよかった。今日は仕事を断ったんだ。ぼくのうちを見たくない? もしよかったら、戻っておばあさまとコーヒーを飲んで、それからぼくのところでお昼を食べよう」

クレアラベルがゆっくりうなずくと、金色の髪が太陽に輝いた。彼女は、マルクの家へ食事に行きたくてたまらなかった。深く考えるまでもなく、彼の家へ行き、そこに泊まりたいと思った。どうしていままでずっと、彼を愛していることに気がつかなかったのだろう?

彼はそっとほほ笑んで、クレアラベルの前に立っていた。両手をポケットに突っ込み、いつもの地味なスーツではなく、スラックスにツイードのジャケットで、相変わらず非の打ちどころのない身なりだ。彼の黒い瞳は、しきりにクレアラベルの顔を観察していた。満足のいく観察の結果を得たのだろう、彼は優しく言った。「やれやれ、やれやれだ。さあ、行こうか」

三人は屋敷の裏のベランダでコーヒーを飲んだ。兵隊の行列のように並んだたくさんの花が、日の光に輝いている。

「きれいじゃない？」男爵夫人は言った。「それはもうわたしは昔の人間ですから、伝統的な庭が好きなのよ」彼女はちらりとマルクを見た。「ディナーはうちで？」

「ええ、そうします。ありがとう、おばあさま」彼はクレアラベルを見た。「よかったら、出かけようか？」

ベランダの椅子にかけている間、彼女はほとんど何もしゃべらず、激しい胸の鼓動が静まるようにと懸命に努力していたのだが、どうしても思うようにいかなかった。マルクを見ないようにも心がけたが、それでも一、二度黒い瞳と視線が合い、じっと見つめられると、なかなか目をそらすことができなかった。なんとかしなければ、と彼女は自分に言い聞かせた。愛していることを彼に知られたのだと思うと、どうしようもなく心が乱れる。そもそも彼の力になろうとしたことから、こんなことになって……。

二人は男爵夫人に挨拶をし、車に乗り込んだ。彼女は努めてふだんのとおりでいようと、つまらないことをぺらぺらとしゃべった。そのくだらないおしゃべりにいちいち相づちを打ちながら、マルクはふだんとあまりに違う彼女の態度を、心の中でそっとおかしがっていた。

9

　市街地を抜けて郊外に出ると、マルクは幹線道路を左に折れて細い田舎道に入り、両側に牛の群れがいる牧草地帯を走った。牛や広い牧草地、ときたま見える農家にクレアラベルは感嘆の声をあげ、二人の間に沈黙が漂うのを恐れて、次から次へと返事のいらないようなおしゃべりを続けた。マルクが廃堤防の上の狭いれんが道に車を乗り入れたころには、彼女は舌が上顎にくっついてものが言えなくなりそうだった。前方に、木立といくつかの赤い屋根が見える。

「もうすぐなの?」マルクがくつくつと笑ったので、彼女はほっとため息をついた。

「あの木立の向こうに村があるんだ。ぼくはその奥に住んでいる。じきに湖が見えるよ。湖がいくつもいくつも連なっていて、これがその端なんだ」

　いつもとまったく変わらない彼の口調に、自分はわけもなく取り乱していたのだとクレアラベルは思った。しっかりしなくてはいけない。もう残り時間は少ないだろう。じきに国へ帰ることになるだろうから、そうしたらすぐにも別の職を探そう。もう二度と彼に会わなくてすむようなところで……ふたたび彼女がため息をつくと、マルクはふっと笑みを浮かべた。

村は小さいが、見るからに厳粛な感じの赤れんがの教会を中心にしてこぢんまりとしており、小さな家々や商店の前には樹木やかわいい庭があった。村人もそこここにいた——主婦、通りで遊ぶ子供たち、仕事で歩きまわるがっしりした男たち。マルクが通りかかると、彼らは敬意を表し、彼は手を上げてそれに応《こた》えた。

「みんなあなたを知っているのね」クレアラベルは明るく言った。

「そう、みんなここで生まれたからね」彼は教会の角を曲がり、村を離れて湖へ向かう道をゆっくり進んだ。その辺りはいちだんと木立が深く、やがて奥に広々とした芝生とその中央に城が見える高い鉄の柵《さく》が現れた。城自体は小さいが、小塔や大きな両開きの扉、側面には細長い窓がある完璧《かんぺき》な城だ。

「まあ、見て」クレアラベルは叫んだ。「なんてかわいいお城でしょう。だれか住んでいるの？　もしかしたら……あなたのお城かしら？」

「そうだよ」彼は錬鉄の高い門から勢いよく私道に車を入れ、いかにも支配者らしく玄関に乗りつけた。

この人について、初歩的なことも知らなかったんだわ、とクレアラベルは情けない気持になった。ロンドンでの彼は、短気でコーヒーが好きな顧問医師でしかないけれど、本国での彼は、まったく違う存在だなんて……ドアが開くと、彼女はしぶしぶ車を降りた。

「話してくだされればよかったのに」

「なぜ？　そう言えば、何か変わっていたのかい？　ばかなことを言っていないで、中に入って」

彼はポケットから鍵《かぎ》を出し、重々しい両開きの扉を開けてクレアラベルを玄関に通した。するとその奥に四角いホールがあり、向こうからいかめしい顔のやせた年輩の男性が歩いてきた。彼は二人のところへ来るとマルクにうやうやしく話しかけ、頭を振った。マルクは笑って、彼の肩をたたいた。「ヴァーモルト、こちらはイギリスから来られたミス・クレアラベル・ブラウンだ」

彼は頭を下げ、クレアラベルが差し出した手を握った。「ようこそ、ミス・ブラウン。おいでいただいて、うれしゅうございます」にこにことほほ笑んだ彼は、少しもいかめしく見えなかった。「シーケを呼んでまいります」

「彼の奥さんで、うちの家政婦をしている。さあ、客間へどうぞ」

途中、クレアラベルは素早く周囲を見まわした。床は黒と白の大理石で、中央に見事な時代物の絨毯《じゆうたん》が敷いてある。壁は白いしっくいで絵画が飾ってあり、ホールの裏手にある階段は手すりに彫刻を施した重厚な樫《かし》の木造りで、途中で分かれ、ホールの上の左右の回廊へ通じている。

マルクはアーチ型のドアを開けて、じれったそうにクレアラベルを待っている。彼女はその横を通り、屋敷の横のベランダに出られるフランス窓と、正面に小窓が並ぶ広々とした部屋に入った。高い天井はしっくいで見事なシャンデリアがいくつか下がり、マントルピースは手の込んだ二段式ドーム型で華麗な装飾が施してある。四方の壁に並ぶいくつもの美しい飾り棚には、数知れない銀食器やグラスや陶器が並べられ、重々しい飾り房のひもでとめた古風なばらの錦織《にしき》のカーテンが下がる窓際には、見事なテーブルが据えつけてある。マントルピースの両端にはウイリアムアンドメアリー様式のソファ、テーブルのところには、金箔《きんぱく》をかぶせ、つづれ織の布を張った十八世紀の肘かけ椅子が二脚。ほかにモダンな家具もいくつかあり、デルフト焼の鉢にはたくさんの花が生けられている。

「まあ、なんてすばらしいんでしょう」何一つ見逃すまいとゆっくり部屋を見て歩きながら、クレアラベルは感心して言った。「しかもここで人が暮らしているなんて」

「だから、家具がまちまちなんだ——それぞれの世代が何かしら増やしていくからね。そう、ちゃんと人が住んでいる」

彼の言葉を裏づけるように、ドアを押し開けて二匹のブルテリアが駆け込み、まずマルクのところへ、次にクレアラベルのところへ来て後ろ足で立って挨拶《あいさつ》をし、彼女に頭をなでてもらうのを待った。

彼女は恥ずかしそうに言った。「ロンドンのあなたのフラットが好きでしたけれど、ここがあなたの本当の家なのね？」

「ぼくはここで生まれたし、ここで死にたいと思っている。シーケが来たよ。彼女が二階へ案内するからね。きみが下りてきたら、何か飲もう」

体格がよく人なつこい顔の家政婦は、クレアラベルを屋敷正面の二階の部屋へ案内した。城であろうとなかろうと、その部屋は現代の快適さや贅沢《ぜいたく》が一つとして欠けていなかった。彼女はバスルームでひと休みして化粧を直し、階下へ下りた。

階段のいちばん下まで来たとき、クレアラベルは客間で人の声がすることに気がついた。部屋は人であふれていた。いや、あふれていたのではなく、七人の人がそれぞれグラスを手にマルクを取り囲んでいた。

「やあ、クレアラベル。昼食にぼくの友だちにも会いたいんじゃないかと思ってね。紹介するから、ここへおいで」

マルクとほぼ同年輩の男性四人と女性が三人で、みなクレアラベルには聞き慣れないフリースラント人の名前だった。彼らはクレアラベルを温かく迎え、自分の名前の発音を聞かせたり、だれとだれが夫婦で、だれそれは婚約したばかりだなどとおもしろおかしく話し、毎日楽しく過ごしているのかと彼女にたずねた。昼食のテーブルで、クレアラベルはマルクとヴォベレンという壮年の男性にはさまれて座ったのだが、彼はロンドンをよく知っていて、話の種には事欠かなかった。

大きな円テーブルを囲んで、一同はコールドサーモンやサラダ、生クリームをたっぷりかけたオランダ風アップルタルトを食べ、ヴァーモルトが給仕するおいしいコーヒーを飲んだ。

マルクの友だちがそれぞれに引き揚げたときは三時をだいぶ過ぎていた。彼はクレアラベルと並んで彼らを見送り、最後の車が行ってしまうと彼女の腕を取った。「庭を見たくない?」そして返事も聞かずに、片側は城の壁、反対側はゆるやかな斜面になった狭い小道へ連れていった。「ずっと昔は濠《ほり》があったんだ」彼は言った。

城の裏は一面の芝生と凝った庭園で、形式張った花壇はない。代わりに花の植え込みがあり、いくつものばらの植え込みやラヴェンダーの生け垣が、四季折々の花を咲かせる花壇に通じる灰色の敷石道を飾っていた。そしてそのはるか向こうには、木立と草原が広がっている。

「まあ、きれい!」クレアラベルは叫んだ。「これじゃ、つらくてなかなか離れられないでしょう?」

「まあね。だけどぼくはいつもここへ帰ってくる。ずっと大昔からこうしてここにあるんだ。時間を超越して、永遠にね」

寄り添って歩きながら、彼はクレアラベルの手をわきにかかえ込んだ。彼女は電流が流れるような感覚に耐えながら、それを気にするまいとした。

「きみに手紙が来ているんだ」彼は言った。「ジェローム病院からだ。うちへ帰ったら忘れずに渡すように、ぼくに言ってくれ」

そこへヴァーモルトが威厳のある態度でやってきて二人の足をとめさせ、マルクを待った。ヴァーモルトがていねいに会釈したのでクレアラベルも会釈を返すと、彼はマルクに話しかけた。

マルクはクレアラベルを振り返った。「叔父と叔母が訪ねてきた。戻ったほうがよさそうだ」マルクが何か言うと、ヴァーモルトは足早に屋敷へ戻っていった。「お茶を飲みながら、ちょっと話をしよう」

客間で二人を待っていたのは、背が高く贅肉のつき始めた中年の夫婦だった。男性は傲《ごう》慢《まん》そうな鼻をしており、クレアラベルはすぐにファン・ボーゼル家の人だと察した。彼らはねんごろにクレアラベルと挨拶を交わし、お茶とビスケットでしばらく話をし、やがて帰っていった。

クレアラベルは手紙のことを思い出してマルクにそう言うと、彼は機嫌よく言った。「二階へ行って着替えてくるから、その間に読んだらいいよ」

ジェローム病院では事態の解決策を打ち出した。理学療法科の新しい病棟が新設され器材が整うまで、町の北部の病院に転属になるか、もし本人が希望するなら、ジェローム病院での契約を解除して自分で職を探してもよいということだった。

クレアラベルは即座に、後者がいいだろうと決めた。一つには、北部の病院は彼女のフラットから毎日無理のない時間で往復するには遠すぎるし、そしてより重要な問題として、自由の身になって自分の望む職を探す必要があったからだ。しかも、できるだけマルクから遠ざかる職でなくては、と彼女は固く自分に言い聞かせた。

マルクが上品な黒いスーツを着て戻ったとき、クレアラベルはすっかり気を取り直して手紙の内容を伝えることができた。「気分転換をしたいと思っていたから、ちょうどいい機会ね」

彼は静かにうなずいた。「それなら、きみにとってうれしいニュースだ。ぼくはあと四日で帰ることになった。きみも手紙の返事を書く必要はないね。直接会って話せるだろう」

「じゃ、そうしますわ」帰国することをあまり考えていなかったクレアラベルは、激しい気持の動揺を覚えた。もうこれで終わりだという思いに青ざめた彼女を、マルクは関心をもって見守っていた。

彼は穏やかに言った。「またメドウ・ロードへ行けなくなるのは寂しいな――いや、きみがあそこで暮らすつもりなら別だけど?」

「どこへ行くか、まるで考えていないわ」クレアラベルはぶっきらぼうに言った。そして、破れかぶれでつけ足した。「オーストラリアやニュージーランドなら、いくらでも職はあるそうですから」

「そんなに遠くへ行かなくちゃならないのかい?」マルクは素知らぬ顔でたずねた。「なにも、地球の果てまで逃げることはないだろう」

でも、そうしなくちゃならないのよ、とクレアラベルはみじめな気持で思った。彼を忘れるには、それですら充分遠いとはいえない。彼女は取ってつけたように言った。「今日は本当にすばらしい日でしたわ。あなたのお友だちも、叔父さまや叔母さまも、みなさんいい方で」

「それはよかった。さあ、もう帰るとしよう。でないと、おばあさまのところに着くのが遅くなる。残りの二、三日、きみは何か予定があるのかい?」

クレアラベルはその場の思いつきで、してみたいと思っていたことを山ほど並べ立てた。

「おばあさまはもう一度ドックムへ連れていってくださるとおっしゃいましたし、ご自分には遠すぎるからって、フロニンゲンへ車を出してくださるの。それに、家族へのお土産も買いたいし……そう、オールドホーフェ塔にも上らなくちゃ……」

二人は後ろの座席に二匹の犬を並んで座らせて車に乗り、レーワルデンへの帰途についた。クレアラベルはシーケとヴァーモルトに別れの挨拶をし、中を探検できたらどんなによかっただろうと思いながら、これが見納めとばかりに小さな城にじっと見入った。

「本当に美しいお城ね。一生忘れられないわ」彼女は夢見心地で言った。

「きみは高いところが好きなの？」マルクはそれとなくたずねた。「オールドホーフェ塔はものすごく高いんだよ。それに、ちょっと傾いている。エレベーターがあるけどね。てっぺんからの眺めは、ちょっとしたものだよ」

クレアラベルは高いところが嫌いだし、エレベーターも苦手だったが、塔のいちばん上まで行くつもりだと興奮して話したばかりだ。彼女はこともなげに言った。「まあ、そう？　楽しみだわ」

男爵夫人の屋敷に着くと彼女は自分の部屋へ行き、シャワーを浴びてから濃紺のクレープデシンの服を着た。

「それで、城のご感想は？」ディナーの席で、男爵夫人はクレアラベルにたずねた。「真ん中の塔の下のまるいお部屋はかわいらしいでしょう？　マルクの母親が、いつも居間に使っていたのよ」

「そこは拝見しませんでしたの」クレアラベルは淡淡と言った。

「城の中を案内しなかったの？」

「そうなんですよ、おばあさま」彼は感じよく答えただけで、それ以上何も言おうとしなかった。

「それでちょうどいいわ」クレアラベルはくだけた口調で言った。「すてきな古い切妻屋根の家が並ぶ通りはもちろんのこと、たくさんの博物館や教会や農家で頭の中はもういっぱいで、これ以上何も入りそうにありませんもの」

「なるほどね。だけどオールドホーフェ塔の分は空けておかなくちゃ。カメラを持っていくのを忘れないように」マルクは言った。「国へ帰って人に見せるすばらしい写真が撮れるよ」

ディナーがすむと、マルクはそろそろ帰ると言った。

「明日は午前中に患者の予約があるし、午後は学生を連れての回診がある。でも必ず、出発前にきみに会うことにするよ」彼は祖母にキスをすると、クレアラベルの腕を取った。「玄関まで送りに来て、ドアを開けてくれないか。ドウマスの手間が省けるからね」

ところが大きなドアの前に来てクレアラベルがずっしりと重いかんぬきに手をかけると、彼はその手を下ろさせた。

「なぜ、今日ぼくがきみをつき合わせたかわかるかい？」

クレアラベルはちょっと考えてから言った。「それは、わたしがいろいろな人に会いたいんじゃないかとお思いになったからでしょう？　おかげさまで楽しかったわ、本当に。あなたの家を見せていただいたこともうれしかったし……」

彼はうなずいた。「おそらくきみは、そう考えているだろうと思っていたよ。で、ぼくの家は、気に入ったかな？」

クレアラベルは彼を見上げた。「すっかり心を奪われてしまったわ。見せていただいたかぎりでは、中も外も完璧よ。あんな夢のようなお屋敷で暮らせる幸運な人は……」クレアラベルは大きなため息をついた。「あそこで暮らすあなたは、きっとお幸せでしょうね」

「そのとおり。そしてぼくは、その幸せを妻や子供と分かち合いたいと思っている」

クレアラベルはかすかに青ざめたが、気持は充分落ち着いていた。「それは何よりね。あのお屋敷で幸せにお暮らしのあなたが目に浮かぶわ」

彼は小さくほほ笑んだ。「それで、きみはどこに行くんだい、クレアラベル?」

人間は捨て鉢になると、こうもやすやすと嘘《うそ》がつけるものなのだろうか。「ニュージーランドへ行くことに決めました。母のいとこがいるんです」

「だれかさんを悲しませることになるよ」

彼女は首をかしげてマルクを見た。

「イーノックとトゥーツさ。とてもニュージーランドまでは連れていけないからね」

どう言われたいのかは自分でもわからなかったが、彼女が期待していたのは断じてそんな言葉ではなかった。心の奥底にあった一縷《いちる》の望みもついに消えた。「あの子たちも、母といれば幸せよ」クレアラベルはかがんで、主人の足元で辛抱強く待っている二匹の犬をなでた。「本当におりこうなのね――留守になさるときは、あなたも寂しいでしょう」

彼はドアを開けた。「どうやらぼくたちは、くだらないことで、無駄なおしゃべりをしていたようだね、クレアラベル。おやすみ。いずれ連絡するよ」

期待したほどすばらしくはなかった一日の、残酷な結末だった。

たとえ心は千々に乱れていても、クレアラベルは理性的な娘だった。それからの二日間、彼女は男爵夫人と、周囲の郊外をドライブして過ごした。

そしていよいよ最後の一日、彼女は荷物を詰め、午前中を男爵夫人と過ごし、それから夫人の勧めもあって散歩に出かけることにした。短い電話があっただけで、マルクはひと言も言ってよこさない。翌日の朝食後すぐに発《た》ち、ロンドンには夕方近くに着くとのことだった。「必ずご家族に連絡しておくんだよ」と彼は言った。

彼がそれ以上長話をできない状態らしいのを察して、クレアラベルは文句を並べずに電話を切った。わたしは目的を果たしたのだと考え、自己憐憫《れんびん》に傾こうとする自分をたしなめた。彼女は楽しい休暇を過ごし、マルクはこれっぽっちでも彼女に関心があるとほのめかすようなことは一瞬たりともなかった。

けだるくて暑い午後だった。お土産は買ってしまったし、残るはオールドホーフェ塔しかない。クレアラベルは男爵夫人に行き先を告げ、必ず四時のお茶の時間までに戻ると言って屋敷を出た。

塔は実に堂々としていた。彼女は塔のまわりを一周してから、数人のほかの観光客と一緒にエレベーターで上まで上った。いざエレベーターに乗るときになって、塔のことをあれほど熱中して話した自分の愚かさを彼女は後悔した。マルクのことさえなければエレベーターを降りていただろうが、何やら心得違いのプライドにそそのかされたのだった。小さなエレベーターは満員で、彼女はその真ん中に立って狭いところに押し込められたような恐怖感にとらわれていた。たとえようもないほどほっとした気持でエレベーターから降り立ったのだが、その気持はたちまち、口がからからに乾くほどの恐怖に代わった。

まさに絶景だった。人々はみな手すりにつかまって下界の景色を指さしたり、写真を撮ったりしている。子供たちも大勢いてあちこち駆けまわり、幾人かの好意ある観光客がひたすら善意から、手すりに近づいて一緒に景色を眺めようとしきりに彼女を促した。首を横に振ると彼らに変な目で見られたので、彼女はそれを避けようと、眼下に広がる眺めを見ないように気をつけて、用心深く反対側へ歩いた。ありがたいことに彼らはみなすぐに引き返し始めたので、彼女もそれにならった。どこか腰を下ろせるところがあればよいのにと思ったがそれもないので、壁に手を当ててじっと石を見つめた。

それから彼女はうっかり周囲を見まわしてしまい、あわててまた目を閉じた。ほかの観光客の笑い声や話し声を聞きながら、あの人たちと一緒に行かなければ、と思った。だれかが曲がり角から顔を突き出し、明るい声でクレアラベルに声をかけた。ほほ笑みすら浮かべて彼女が手を振ると、その顔は引っ込んだ。少なくともこれで、オールドホーフェ塔のてっぺんまで行ったとマルクに言える。クレアラベルは手すりの方に目をやらないように注意しながら戻り始めたが、エレベーターにたどり着くと、ドアは閉まっていた。そのうえ、わきのボタンを押してもドアは開かない。みんな下へ下りてしまったのだ。彼らが地上に着くのを待って、それからエレベーターを呼び戻そう。一人で下りるのはいやだけれど、これから上ってくる人がいるかもしれない……またボタンを押したが何も変化はなく、彼女はもう一度ボタンを押した。そのときふと、曲がり角から突き出た顔は、エレベーターに関する何か重要なことを言ったに違いない、と彼女は思い当たった。

クレアラベルはしばらくそこで待ってから手でエレベーターのドアを開けようとし、それから階段の方へ行った。階段は彼女の足元から蛇のようにうねうねと、細い段々が薄暗い穴へと消えている。多くの階段がそうであるように手すりがなく、中央の柱をめぐって下りる螺旋《らせん》階段だった。彼女は下りてみようとおっかなびっくり試したが、突如として理屈に合わない恐怖感にとらわれ、すぐに足を引っ込めてしまった。昔から高いところは嫌いだったが、いま彼女は、それが臆病《おくびよう》とはなんの関係もなく、自分ではどうしようもない高所恐怖症だと意識した。クレアラベルは恐ろしさに震えながら壁にしがみつき、階段を離れた。だれかがエレベーターで上がってくるまで、どうすることもできない。彼女は吐き気を覚え、壁ににじり寄った。

マルクが客間に入ってきたので、男爵夫人は刺繍《ししゆう》の枠から目を上げた。彼は心のこもった挨拶をし、お茶の誘いを断ってたずねた。「クレアラベルはどこかな？　今日はなんとか予定より早く終えることができたんでね。ディナーの前に城を案内したら彼女が喜ぶかと思って」

老婦人は、絹の糸をはさみで切った。「たしか、あの娘《こ》はもう一度最後の散歩に出かけて、オールドホーフェ塔のてっぺんに上るとか……」

「出かけてからだいぶたちますか？」

「思ったより遅いわね。必ずお茶の時間には帰ると約束したのに、もうその時間を過ぎているわ」

彼は不安そうにそわそわした。「ちょっと行って、まだ彼女がそこにいるかどうか見てきます」

「それがいいわ。あんなにいいお嬢さんだし、あなたにぴったりですもの」彼女は眼鏡越しに孫を見た。「ねえ、そうじゃない？　それとも、わたしの思い違いかしら？」

マルクはほほ笑んで、祖母の頬にキスをした。「おばあさま、おっしゃるとおりですよ。彼女なしでは、ぼくは一日も生きられない」

「早く行ってらっしゃい。夕方まで帰らなくていいのよ――ディナーは三十分延ばしておくわ。それなら時間は充分でしょうから」マルクがおやっというように眉を上げると、彼女は言い足した。「プロポーズをするためによ」

クレアラベルは中央の壁に背を当て、できるだけ塔の端から遠ざかった。寒気がして文字どおり恐怖の極みにあったので、ちょっと動くのですら並々ならない努力がいる。もうどうしたらいいのかわからなくなって、彼女はあきらめた。どうせいずれはエレベーターが戻ってくるだろうから、それまでじっとしていよう。彼女にとって幸いだったのは、声をかけた人が、エレベーターが言うことをきかないので、みんな歩いて下りると言ったのを知らなかったことだ。

クレアラベルは沈む気持を引き立てようとじっと壁を見据え、思い起こせるかぎりの詩を暗誦《あんしょう》し始めた。急いで階段を上ってきたマルクは、彼女の震える声を聞いてぎょっとした。「不和の兆し、やがて音色をかき消さん」

「絶対に」マルクは最後の階を大急ぎに駆け上がりながらつぶやいた。「彼女はテニソンを暗誦しているぞ」

クレアラベルは目を閉じていたのだが、彼の足音を聞きつけてまぶたを上げた。彼女は言葉もなくじっとマルクを見つめ、彼はクレアラベルを壁からもぎ離して固く抱き締めた。もうたまらない。クレアラベルはわっと泣きだした。「わたしったら、どうしようもない弱虫なの」彼女はマルクの肩でしゃくり上げ、懸命に泣くのをこらえようとした。彼はこれではまだ不充分とでもいわんばかりに、例の急所をつくような言葉で、いまにもわたしをへこまそうとするに違いない……。

「ダーリン、かわいそうに」マルクの声はちょっとおかしそうだが、優しかった。「心配しなくていいよ。もうぼくがいるから大丈夫だ。だれもエレベーターが壊れていると教えてくれなかったのかい?」

「怖くて階段を下りられないの——体がこわばってしまって。ああ、マルク……」クレアラベルはマルクのシャツの胸のところでつぶやき、マルクは彼女の金髪をなでた。

「クレアラベル、ダーリン、ぼくの後ろについて下りるんだ。そうすれば絶対に安全だからね。そしてきみはもう一生、あの城の塔より高いところに上る必要はないんだよ」彼はそっとクレアラベルの顎の下に手を当て、ゆっくりとキスをした。「ぼくたちは結婚するんだ。そして一生、幸せに暮らそう」

「でもあなたは、わたしを愛しては……」

「いや、ぼくはきみを愛している。いままでずっと愛してきた。きみもぼくを愛していることにきみが気づくのを待っていたんだ——そしてきみは、それに気がついたばかりなんだろう?」

クレアラベルはまじまじとマルクを見上げた。「ええ、そうなの——ほら、あの日よ。あなたがお昼を一緒に食べようと誘ってくださって、たくさんお客さまがいらしたとき」彼女は恥ずかしそうにほほ笑んだ。「あなたなしで生きていこうなんて、わたしったら何を考えていたのかしら」

「そう、きみはぼくなしでは絶対に生きていけないんだよ、ダーリン。さあ、キスをする間は黙って」

ほどなく、クレアラベルは少しだけ身を引いた。「わたし……お茶の時間には帰るとお約束したの」

「うちに寄って、おばあさまに会ってきた。きみがここにいると教えてくれたのは祖母なんだ。ディナーは祖母のところでごちそうになるけれど、いまはぼくのうち――いや、ぼくたちのうちへ行こう。そのチャーミングな鼻を突き出して、城じゅうどこもかしこもくまなくのぞきにね」

彼はクレアラベルの腕を取って階段を下り始めた。

「後ろについて、両手をぼくの肩にかけるんだ。そしてずっとぼくの頭の後ろを見ているんだよ。絶対に大丈夫だからね、ダーリン」

愛ほど強いものはない。もし彼に手すりを越えて飛び下りろと言われたら、彼女はそうしていたかもしれなかった。そんなわけで、クレアラベルは彼のイギリスへ帰る話や将来の話に耳を傾けながら、言われたとおりを守った。

階段のいちばん下で、マルクは振り向いてクレアラベルを抱き寄せた。「頑張ったね。もう震えないで、ダーリン。これからはぼくがきみを守って、二度と放しはしないよ」

「本当？　本当に？　あなたはちっとも……わたしを口説くようなことをおっしゃらなか

ったわね？」クレアラベルは彼の目を見上げてあわてて言い足した。「そう、ひと言もよ。こんなことを言うんじゃなかったわ」彼女が背伸びをしてキスをすると、マルクは息もつかせぬキスを返した。

「なぜテニソンを暗誦していたんだい？」彼はそうききながら、彼女の髪を耳の後ろにかき上げた。

「気を紛らすためによ」

「彼はきみの詩も作っているんだ――知ってるかい？〝クレアラベルの伏せしところ、そよ風は絶えてなし〟ぼくはそよ風でもないし、正真正銘、生きていてきみを愛している」

二人がほほ笑みを交わしてもう一度キスをしていると、たまたまそこへ中年の夫婦と犬を連れた少年が通りかかった。夫婦は自分たちの若いころを思い出し、ため息をついて腕をからませ合い、犬は吠《ほ》え、少年はどの子もするように、冷やかしの口笛を吹いた。

●本書は、1989年1月に小社より刊行された作品を文庫化したものです。

猫と紅茶とあの人と
2025年1月15日発行　第1刷

著　　者／ベティ・ニールズ
訳　　者／小谷正子（おたに　まさこ）
発 行 人／鈴木幸辰
発 行 所／株式会社ハーパーコリンズ・ジャパン
東京都千代田区大手町1-5-1
電話／04-2951-2000（注文）
0570-008091（読者サービス係）

印刷・製本／中央精版印刷株式会社

表紙写真／© Kawee Srital On ｜ Dreamstime.com

ISBN978-4-596-72106-8

既刊作品

「雪舞う夜に」

ダイアナ・パーマー　　中原聡美　訳

ケイティは、ルームメイトの兄で、密かに想いを寄せる大富豪のイーガンに奔放で自堕落な女と決めつけられてしまう。ある夜、強引に迫られて、傷つくが…。

「和解」

マーガレット・ウェイ　　中原もえ　訳

天涯孤独のスカイのもとに祖父の部下ガイが迎えに来た。抗えない彼の魅力に誘われて、スカイは決別していた祖父と暮らし始めるが、ガイには婚約者がいて…。

「危険なバカンス」

ジェシカ・スティール　　富田美智子　訳

不正を働いた父を救うため、やむを得ず好色な上司の旅行に同行したアルドナ。島で出会った魅力的な男性ゼブは、彼女を愛人と誤解し大金で買い上げる！

「哀愁のプロヴァンス」

アン・メイザー　　相磯佳正　訳

病弱な息子の医療費に困って、悩んだ末、元恋人の富豪マノエルを訪ねたダイアン。3年前に身分違いで別れたマノエルは、息子の存在さえ知らなかったが…。

「マグノリアの木の下で」

エマ・ダーシー　　小池　桂　訳

施設育ちのエデンは、親友の結婚式当日に恋人に捨てられた。傷心を隠して式に臨む彼女を支えたのは、新郎の兄ルーク。だが一夜で妊娠したエデンを彼は冷たく突き放す！

既刊作品

「脅迫」

ペニー・ジョーダン　　大沢　晶　訳

18歳の夏、恋人に裏切られたサマーは年上の魅力的な男性チェイスに弄ばれて、心に傷を負う。5年後、突然現れたチェイスは彼女に脅迫まがいに結婚を迫り…。

「過去をなくした伯爵令嬢」

モーラ・シーガー　　中原聡美　訳

幼い頃に記憶を失い、養護施設を転々としたビクトリア。自らの出自を知りたいと願っていたある日、謎めいた紳士が現れ、彼女が英国きっての伯爵家令嬢だと告げる！

「孔雀宮のロマンス」

ヴァイオレット・ウィンズピア　　安引まゆみ　訳

テンプルは船員に女は断ると言われて、男装して船に乗り込む。同室になったのは、謎めいた貴人リック。その夜、船酔いで苦しむテンプルの男装を彼は解き…。

「愛をくれないイタリア富豪」

ルーシー・モンロー　　中村美穂　訳

想いを寄せていたサルバトーレと結ばれたエリーザ。彼の子を宿すが信じてもらえず、傷心のエリーザは去った。1年後、現れた彼に愛のない結婚を迫られて…。

「壁の花の白い結婚」

サラ・モーガン　　風戸のぞみ　訳

妹を死に追いやった大富豪ニコスを罰したくて、不器量な自分との結婚を提案したアンジー。ほかの女性との関係を禁じる契約を承諾した彼に「僕の所有物になれ」と迫られる！